簽收我的愛

蘭嶼郵差

簡偉駿（Laiyu 排灣族族名）著

【推薦序】

原來你不只是送信而已

／陳坤厚（電影導演．攝影）

Laiyu，祖靈會保護蘭嶼的。

第一次踏上蘭嶼已是五十年前的事了……

當時才剛登上這座美麗的島嶼，就遇上了一個颱風、兩個熱帶性風暴，生平第一次不知歸途是何日的窘境。掛在民宿樓梯口的一串發霉的香腸也被我們吃光，接著，島嶼告訴我們再也沒有東西吃了。這座島嶼告訴我們，先不必妄想要離開。這座島嶼獨自躺在太平洋的大海中，在這座島嶼上的我們，只能天天望著滔天巨浪，不知歸途是何日……

——這座島嶼，是有祖靈護佑的——

有天早上，一位慕名登島的中年日本人突然中風，風雨之中的蘭嶼更顯孤立無助，面對中風的日本人，島嶼上只有民宿阿桑的細心照顧，醫療……文明……都被滔天巨浪隔絕在外，讓我們這些外來文明人深切體會到無助是如此的無奈。

——善良與愛心，是人類最偉大的天賦——

我們每天倚著窗，看著巨浪在海中翻滾，突然有天，阿桑牽扶著日本人，跟我們一樣倚著窗，看著海；又幾天，我們繼續倚著窗，然後看到阿桑牽扶著日本人漫步在海邊，看著遠處的滔天巨浪。在不知歸途是何日的當下，有人相伴看海，是一種幸福，也是一種緣分吧……民宿的米缸也快見底，這座島嶼唯一的主食——芋頭也上了餐桌。

忽然地，又傳來隔壁村落有女孩跌斷手，民宿阿桑心疼搖頭，說那家人應該也只能看著孩子疼痛地號啕大哭，什麼事都做不了——「等天氣放晴，飛機飛過來吧。」老人家的常備藥越來越少——「等天氣放晴，飛機送過來吧。」

半個世紀過去了，我重登這個在太平洋躺了千萬年的美麗島嶼「蘭嶼」。島上多了便利商店，對島嶼文化一知半解的來客們，在他們眼裡，海洋的湛藍似乎比島民生活的簡單、純樸來得美麗。

蘭嶼的郵差——排灣族人的達悟族女婿簡偉駿，他將他在蘭嶼送信過程中的所見所聞書寫成冊：《蘭嶼郵差——簽收我的愛》。

閱讀了頭幾個章節：〈你是我的眼——視力弱化的蘭嶼村民〉、〈我心目中的「村民」——關懷獨居長者〉、〈台灣來的比較好——郵差快捷送上救命藥品〉……半個世紀過去了，島民的生活依然只能依賴那架飛機，與那艘貨船。

Laiyu 如此寫著：「原來我不只是送信而已」。

「因為我身體有問題，需要長期服用特定的藥，但是，我們蘭嶼的衛生所沒有這種藥啊！所以我都把健保卡寄給在台灣工作的小孩子，請他們幫我去醫院掛號、拿藥，再一起寄回蘭嶼。孩子們也很貼心，偶爾還會幫我買一些保健食品，那種補膝蓋的啦，還有補眼睛、治療腰痠背痛的也都有。」他說。

「原來是這樣呀。但這樣不是很麻煩嗎？寄來寄去的，萬一哪天天氣不好，飛機沒飛、貨船沒來，但又碰上你剛好沒有藥的話，不是要拖很久？」

「也沒辦法啦，在蘭嶼就是這樣。我們只能禱告、祈求自己的身體不要出問題就好。」

聽完馬然一番話，我手上拿著裡頭裝著健保卡及藥物的郵件小包，內心除了感到一陣酸楚之外，更多的是，我告訴自己：「原來我不只是送信而已，有這麼幾位村民的健康狀況，掌握在我手中。」

半個世紀了，島嶼的人們如常認命地生活著——

當年主政者來到這個島嶼視察，一句「在如此現代化的時代，我的子民怎麼可以過著這樣的穴居生活！」於是一排排的鋼筋水泥房子就出現在這個島嶼上了，祖祖輩輩傳承下來的的生活樣貌也隨之消失改變。

一位排灣族的年輕人娶了一位達悟族的姑娘。這位排灣族的年輕人叫簡偉駿，我們從認識的第一時間開始就叫他 Laiyu，這是他排灣族的族名，我們喜歡這樣稱呼這個年輕人。

他

因為愛，踏上蘭嶼。

他

善良。負責。積極。

他許下願望，要以排灣族的身分留在這個達悟族的島嶼，認識達悟族的生活故事，並盡其所能地保護與紀錄世世代代傳承下來的達悟文化。身為當年郵務士台東考區的榜首，他無視「台灣本島不要的郵差都派到蘭嶼離島」的魔咒，他踏上蘭嶼，陪伴他的所愛——一位達悟族姑娘，並當起蘭嶼這個島嶼的郵差。他每天奔波全島地遞送郵件，他用他的善良與愛心關懷著這個島嶼的人、事、物，他努力地學習並認識這個世世代代祖輩傳承下來的獨特文化內涵，他要讓世界看到、認識這個島嶼。

Laiyu 在〈我的文化板塊——拼板舟的取材之旅〉的篇章裡寫著：「說出我是誰」。

> 抵達目的地時，我拿起剛買的米酒及兩個杯子，準備向這片山林的祖先、草木的靈，還有今天的船主打聲招呼：「我所敬畏的那些看不見的祖先們，我身上還未沾染原生達悟的氣息，祢們都還不認識我，所以今天在這裡向祢們問候，我是希・格萊斯（si kezas，我的達悟族姓名），我的太太是希・加蘭姆農（si jazmono，太太的達悟族姓名），我們都是來自蘭嶼的東清村，很開心能夠為我們的馬然（船主）揮灑汗水。
>
> 「我也正努力學習島上一點一滴的文化，盼望將來能夠成為島上的勇士……」

不要做你想要做的事情。

要做你應該做的事情。

這是我認識的 Laiyu。

【推薦序】

送信送到心坎裡——山海間的綠色閃電

／羅秀芸（「在海一方」書店主理人）

放下書稿，腦裡浮現的是一道穿梭在蘭嶼山海與各部落間、使命必達的綠色閃電。只要這道綠色閃電出現在家門口，心情就會突然好起來，因為我們知道，那是等待已久的包裹「終於」平安到來。在台灣本島，收發信件並不是一件多稀奇的事，但場景轉移到蘭嶼，這件事變得異常珍貴。一封信可能經由飛機或大型貨輪跨海而來，首先得看天候是否允許，風急浪大的日子，能做的就只有等待。好不容易包裹抵達蘭嶼之後，還須等郵局極為精簡的人力整理、依序發派到六個部落，等待日程快則三天、最久可能三個禮拜。即便心裡偶有怨言，但是，看到綠色閃電到來那一刻，埋怨總會轉化為心疼和感謝，謝謝為人們捎來小島與本島的連結。那道綠色閃電之一是我們最喜歡的蘭嶼郵差，偉駿。

初識偉駿時，我正在地方的基金會工作，總有收不完的信件和包裹，但是在繁雜的收發事務中，漸漸發現偉駿的細膩：包裹總按照大小堆疊整齊，一目了然；基金會內有宿舍，因此除了公務信件之外，也會有工作夥伴們的私人信件，偉駿總是事先幫忙分類好，甚至在送信時提醒：「有妳的明信片喔！」、「你的包裹我放在最左邊，有三件。」久之，只要看見送信來的是偉駿，即便忙碌中無法起身去確認，也能夠百分百放心。

同樣身為外來的移居者，多數時候我僅只是站在部落邊緣，遠遠地觀望島嶼生息，但偉駿不同，他走進部落深處——確切來說，是走進了家家戶戶。除了把信件交付到居民手中，偉駿也跨越工作，交付了他對部落的愛、對生命的關注。這些愛與關注此刻化為文字，在他幽默的筆下娓娓道來。見字如見人，爬梳文字的時候，彷彿他就站在面前，笑笑為我們說著每一個故事。

「如何書寫島嶼」有時想來讓人緊張，我和多數居住於此的朋友一樣，側寫過文化觀察、記述過島嶼往昔，但關於這座島未知的還有太多，仍需要長時間學習與聆聽，下筆時總是戰戰兢兢。偉駿以長期在此工作的角度兼蘭嶼女婿身分，他所描繪的，不僅是生活在島嶼的感知，更是珍貴的文化智慧與稍縱即逝的共生記憶。看似詼諧的口吻裡，我們讀到嚴肅、與文明社會微微脫節的蘭嶼，島嶼在美麗的山海之下，也有它的憤怒、無奈和心碎，日子在「沒有辦法」中想出辦法，儘管地理範疇屬於台灣，卻更像是一個流離海外的小國，循著月亮與潮汐，走出自己的生存模式。

有一些禁忌看似不合時宜，有些傳統的堅持教人理不清頭緒，只能一點一滴去親身經歷，揉合長輩口述的生命經驗、佐以科學根據而慢慢釐清，所有的體悟都需要時間淘洗，再轉化為同理的思緒。我尤喜歡偉駿在書寫時，將憂傷化解，釋出溫柔悲憫，像是族人離世，他寫道：

「每次只要一有喪禮，部落的氣氛一定是安靜的，彷彿能聽到大海的哭泣聲。」

「當你傷心難過，我選擇靜靜地待在屋裡或涼台上看海。
當你眼眶泛濕，我寧願不在海上劃出一道道白色浪跡。
當你失去至親，我也在記憶裡尋找著和他共處的身影。」

一語道盡過去人們所不解、避之唯恐不及的恐懼已逐漸消解，隨著時代演進，我們以哀悼取代害怕，靜默，與喪家同在。

有時，他也善於自我解嘲：

「以往購物時很少在看價格，喜歡就買，即便消費再高，反正還有信用卡可作為解套。而現在呢？購物得挑商品特價檔期選購，還必須檢查網銀存摺的餘額夠不夠，再查看信用卡額度是否超出預算，就連自己每天所沖煮的精品咖啡豆，都替換成三合一咖啡。真不希望有朝一日低下頭來往口袋處看時，還會看到腳趾頭。能掏能吐的都盡了。……雄厚的資本，我們沒有，但至少還有青春肉體作為蓋房的擔保品。」

我想，正是因為偉駿親身走進了部落，把汗水滴在島嶼的土地裡，才能將種種也許前所未聞的震撼教育淘洗成養分，讓自己的足根往更深的土裡長，然後冒出枝枒，長成一棵結實累累的樹，得以將養分傳遞下去，甚至回報曾灌溉這棵樹的人們。

很開心看到他將工作點滴和生活態度書寫付梓，以土壤為紙本，以身體和汗水為筆墨。蘭嶼的山、海深不可測，某個層面上，部落與人，亦是如此。偉駿的筆鋒深入淺出，將最接地氣的面貌呈現於此，而最深的情感，則留待走過的人放在心裡慢慢地發酵。

【推薦】

郵差是個多麼基礎而重要的日常支撐，卻也可能同時是傳遞浪漫、想像和關懷的職業。這位蘭嶼女婿因人生偶然機緣成了郵差，但他所做的程度卻已不只是個郵差，比如送信同時陪伴一下獨居老人，或協助村民免於網購詐騙。他不僅擴增了這工作的意義與價值，並且讓所有人都羨慕他可愛靜美的小島生活。

——李明璁（社會學家・作家）

目錄

目錄

目錄

簡偉駿的獨門絕活：倒著送信

原本的送信路線是由紅頭出發，一路往西邊部落開始順時鐘繞蘭嶼島，沿路經過漁人、椰油、朗島、東清、野銀這些部落，最後再經過中橫山路，回到郵局。不過，在冬天東北季風的好發期，簡偉駿逆時鐘送信，也就是改由野銀部落開始，一路往椰油部落方向（逆時鐘）投遞，這樣才不會在某些路段因為強風，讓車子被吹得難以前行。

蘭嶼郵差

簡偉駿的深情可愛視角

別擔心

我是使命必達的蘭嶼郵差。
即使是蘭嶼的傳統地下屋，
門牌不易尋找，
我依然能將信送達。

啊就真的沒有你的郵件，這麼兇幹嘛？

該洗澡了

阿戈斯（阿嬤，蘭嶼話）說：「年輕時，我跟我的另一半住在這，這個柴房到目前都是拿來燻飛魚、燻臘肉使用。我時常跑過來這邊住，因為我喜歡以前原本的老房子。」

老人們的愛情故事，我聽得很陶醉。

不過，阿戈斯，妳的門牌該找個時間，幫它洗澡了吧。

全台灣的郵差都知道

好～全台灣的郵差都知道「這是林娜菈的鍋子」了。

等下就幫妳送過去！

蘭嶼創意郵筒比賽

馬然（叔叔，蘭嶼話），你確定要這樣？
真心認為得辦一場「蘭嶼創意郵筒比賽」。

查無此人

我送信時，「有些住家怎麼大門深鎖了？」「那個涼台怎麼拆了？」「平常朝夕相處的夫妻，怎麼只剩下另一半了？」

到底這些人去哪裡了？

打聽之下，原來一個一個走了，剩下的是一間空屋或另一半。

然而，在郵局分信件時，信封上偶爾還會出現這些人的姓名、地址，我常停頓幾秒，回想跟這個人過去的「郵情」。

當我帶著這份悲傷投遞郵件，我緩緩將信放入空屋門縫。

我安靜了。

我很想念這幾位收件人。

蘭嶼的羊、豬、貓

你看我，我看你。

蘭嶼手作木雕

阿戈斯（奶奶，蘭嶼話）好像捨不得把木雕賣我呢！

誠懇的問

真的真的真的沒有紙箱可以裝了嗎？

考驗郵差的投遞智慧

信件沒有所謂放不了的地方，只要有心仔細尋找那一絲絲縫隙就好。當住戶沒有設置信箱時，郵差必須找妥適的位置放入郵件。然而，蘭嶼離島地區說實在有信箱的人幾乎是稀有物種，我們只能將信件投入紗窗內、0.5公釐的門縫或牆上的電線水管縫……等等，總之，別讓該收件人的郵件飛到隔壁村就好。

蘭嶼刻印章需到台東

「請問你們郵局有在幫忙刻印章嗎？」昨天接到一通村民的來電。

（深呼吸～別生氣）

註：蘭嶼沒有一間刻印章的店家，因此只要是使用存簿提款的村民，遺失了印鑑章，就得重新到台東重刻一枚。

蘭嶼村民好熱情

上次收到椰子，
這次是香蕉，
下次會是野豬嗎？

郵差蓋自己的家

「以前的你們是個鋼筋、模板、水泥；如今聚在一起就是個家。」妻子說。

我很喜歡每天跟太太下班後來到工地，撿拾鐵釘、掃掃地，回去前還會跟屋子說掰掰。

蘭嶼的長輩說過：「即便家裡沒人住，也要留一盞燈，不然屋子會很可憐。」

這個家已經是「家人」的感覺。

不過，我目前還在適應岳父為我們這個家設計的愛心……

太悶了喔！

原本想停留吃個午餐，
但，這種客滿情況，
還是改天再來好了。

陪你一起悲傷

在蘭嶼，只要有喪禮的消息，整個村莊的勞動都會暫緩。出海的男人們得提早返回村子；在農作的婦女，得放下工具返回居所，在修繕道路工程的外包商，也得熄火停機。

當你傷心難過，我選擇靜靜地待在屋裡或涼台上看海。
當你眼眶泛濕，我寧願不在海上劃出一道道白色痕跡。
當你失去至親，我也在記憶裡尋找著和他共處的身影。

我耐心等候老人家找印章，拉著他們的手簽郵件，也跟他們多說話。

「因為我可能是當天唯一一個跟他們見面說話的人啊。」

Part1

蘭嶼郵差不僅是郵差

你是我的眼
——視力弱化的蘭嶼村民

「有人在嗎？阿戈斯（阿嬤，蘭嶼話）（註1）！」我在門口喊。

「希努嘎（你是誰）？」屋內隱約有人回應。

「伊冰固（郵局），吧都嘍岸（要印章的意思）。」我說。

「基答應（稍等一下）。」阿戈斯說。

已將信件及簽收板準備好的我，蹲坐在門口等候，有時候是兩分鐘，有時候是五分鐘。過了一會兒，可從門縫間看見阿戈斯身體僵直，雙眼瞪大著，尋找門縫透露出來的光源。她左手拿著印章，右手摸著牆壁，一步一步地走到門前來。

「阿戈斯，小心一點，我已經蹲在妳面前了。（她根本看不到我在她面前，她雙眼的水平視線依然在我的頭上方。）把印章交給我吧，阿悠伊（謝謝）。」我說。

看她那雙眼的水平視線依舊看著我的頭上方（這時我是蹲著在蓋簽收章），當下我腦海裡還是縈繞著，剛剛阿戈斯走向我，是需要多強大的意志力，才能克服自己看不見的心裡不安。

若換作是我的話……算了，不可以亂想。（在蘭嶼非常忌諱這種不吉利的想法或言語。）

「阿戈斯，妳是完全看不到了嗎？」我關心地問。

只見阿戈斯用手在自己的面前左右揮著，說：「我早就看不到了。」

「這樣應該很不方便吧？」

「我早就習慣了，而且跟你說，我還可以到附近的田裡工作。」阿戈斯信誓旦旦地說。

阿戈斯說去田裡工作這一句話，我確信是真的。

我在蘭嶼各個部落裡，都看過幾個眼睛視力弱化的村民（註2），頂著大太陽或下雨天，也在田裡鋤草耕作。一開始，我還以為是我看錯了，因為之前去某位馬然（叔叔）（註

3）家裡送信時，他不是說自己看不到，無法簽名嗎？怎麼這時候卻在田裡工作，難道是欺騙我的感情？

一問之下，才曉得，原來他們確實是視力弱化到僅剩一些視覺光影，當然要他們騎車、開車，是完全不可能的，他們也是請家人載他們到田裡。至於要如何在視線模糊下鋤草耕作？依賴的是當事人對這塊田地及農作物的熟悉度，否則地瓜、芋頭的葉子可能就被當作雜草砍掉。

「阿戈斯，等一下我這邊蓋完章，把信和印章拿給妳之後，妳要小心慢慢地走回房間喔。」我叮嚀。

「阿悠伊（謝謝），米估婻（再見）。」阿戈斯拿著郵件，一樣對著我的頭頂上方說謝謝。

不過當阿戈斯轉身離開後，我並沒有馬上幫她把門關上。我繼續蹲在門口，目送她安全地走到房間後，我才把門輕輕關上。

✉

我想起剛進郵局，開始學習投遞信件與包裹時，因為不曉得島上村民的狀況，所以都會一味地要求他們拿起筆來簽名。

有少部分的村民會跟我說：「我不會寫字呢……」「我眼睛看不清楚啊……」「我可以蓋手印嗎？」

要不然就是明明我已經在簽收格上把簽名位置打勾了，但收件人卻拿著板子在眼前晃呀晃，慢慢找到底要簽在哪裡。

對當時還是菜鳥的我來講，覺得不就是寫個名字，怎麼會都寫不出來？有這麼困難嗎？我在讓他們簽收前，也已用指頭指過一遍，但要簽在哪裡，他們卻還是找不到。光是等這些收件人走到門口都要花上兩三分鐘了，我還得繼續等他們在屋內翻找印章。一天下來，我面對數百人的簽名、騎三四小時的路程，加上處理繁瑣的行政業務，根本會拖延到自己午休與下班的時間。

我的內心非常糾結。我很想催促對方趕快、快一點，但，我還是做不到。

後來幾次觀察下來，才知道原來我之前遇到的這幾戶都是「視力正在弱化」的村民。從此之後，當這幾位村民需要簽收信件時，我都會特別幫忙。

✉

在漁人部落，有位嘎嘎（哥哥），當我送信給他，請他簽名，他總是把名字寫錯格子，有時還會寫在別格的名字上，不然就是與自己的名字重疊在一起。

當我知道他無法判別書寫位置時，我會將板子放在平台上，請他將一隻手指交給我，我再指引他在哪個位置下筆，然後寫出第一個姓氏。接著，他試著將指頭當成字與字之間的距離，繼續寫出後面兩個字。

從他的筆觸中，我其實很能感受得到他沒信心寫出自己的名字。

若我都不幫他一把，將來不管我再怎麼喊：「有沒有人在家？」「XXX號有包裹……」他可能都會畏懼走出家門，面對郵差、簽收郵件。

✉

蘭嶼島上僅有的一間彩券行開在紅頭部落。老闆娘的外表看起來與一般人並沒不同，不過她曾在台灣搭乘交通工具時手持愛心票，被司機誤會：「人明明好好的，還拿什麼『愛心票』呢？」直到她拿出手冊證明後，對方才像評審般：「好，這個給過。」她才順利搭上公車。

她也是雙眼正在弱化的村民。

「嘎米婻（阿姨）（註4），妳的眼睛有想過要去做手術嗎？」我問。

「怎麼會不想！」她說。

「之前我們這幾個眼睛不好的朋友，去台灣參加視障協會聚會。（但嘎米婻說不要提起『視障』這個詞，會傷到其他人的自尊心。）很多來自各縣市的患者紛紛討論如何治療這種病。聽說有一種科技是將晶片植入眼球，搭配感知元件、身上還得背個電子儀器，就可以『看清十公尺距離的視界』。但聽來聽去都是得花上百萬才可以做的手術，那不是只有少部分有錢人才做得到的事嗎？我們就……不要去想那麼多了。

「像我們這種的，只能靠自己好好休息保養。

「至於要如何減緩眼睛弱化的速度？我養成記錄當天的視力狀況，如果有感到特別不清晰或疼痛，就回頭想想昨晚吃了哪些東西，之後就避免掉這一類的食物。

「不要像我一樣，被那幾位老酒鬼糾纏著在店裡不願離開，直到晚上十一二點後才可以休息。」嘎米婻語帶氣憤。

「每個月，我其實都會有一兩天眼睛完全看不到、會痠痛，但奇怪的是，隔天早上起床，我卻又突然看得清楚，視野很明亮。

「就像狼人看到月圓時，突然會變身嗎？」她這樣比喻，讓我印象深刻。

但，那也只是曇花一現。

「那妳在賣彩券時，有沒有被人家騙過？」我好奇地問。

「有啊，連小朋友也都會騙我！拿一塊錢卻跟我說是五塊。當時我心想：怎麼辦、怎麼辦、怎麼辦，都是圓圓的，我又看不清楚。我還一度想過彩券行有可能關門大吉，被人家看笑話。我一個人坐在店裡哭，一直哭一直哭……」

後來，嘎米婻學著用雙手去感受錢幣的觸感。一元銅板薄薄的，且比起五元，小了一些。五十元硬幣不用說，比十元銅板還要厚且較大。假如對方是拿紙鈔給她時，通常都會說出是給多少，但有些人卻刻意不說，不過沒關係，嘎米婻會拿出一個「鈔票辨識夾」或用抽屜準備好的紙鈔進行比對。

「萬一拿到假鈔，怎麼辦？又或者是拿根本沒中獎的彩券來跟妳說有中呢？」我真的很替她擔心。

「我這裡有一台『擴視鏡』儀器，可以透過特殊放大效果，細看鈔票的真偽特徵。如果是拿根本沒中獎的彩券來換，這台電腦可以用掃描條碼判讀，它會告訴我有沒有中獎，甚至中多少我也會知道。」她很有自信地跟我介紹。

「那很厲害耶。」我沒像之前那麼擔心了。

說起那台擴視鏡，嘎米婻是自行打電話去台東縣相關部門詢問，是否有資源可以協助她採購到這台一萬多元的設備。畢竟做生意的多多少少都要防範假鈔，更何況她的狀況又比較特殊。最後，總算得到好結果，順利地讓嘎米婻擁有這台厲害的儀器。

「可是，若有人存心要騙我，我還是會有疏忽的時候。

「不過，像我們這樣的，真的都要去想如何去突破。雖然看不到，那就憑感覺啊，不要畏縮、不要什麼都不做，要去克服。」她說。

當嘎米婻敞開內心，在我面前暢談自己，表示她已克服自己的困難，即便上帝對她的眼睛開了一點玩笑，但也激發出她更敏銳的其他感官。

例如，只要是熟悉的聲音，在附近五十公尺內，她都可以知道是某某某在那裡聊天；只要是她熟悉的場域，她憑著記憶就可以獨自完成工作；只要是還有一絲視力的一天，她就會讓彩券行好好營業。

在與嘎米婻閒聊的過程中，她的雙眼雖然無法看清楚我真正的樣子，但我卻看見她的雙眼是如此明亮剔透，即使是她的視力已經日漸衰弱。

不曉得是不是因為對我說這麼多，她的眼眶濕濕的。

✉

當我與這幾位視力弱化的村民相處下來，我們已有共同的默契。

我花了一段時間，與他們溝通，若他們真的無法寫字時，他們可以把常用的印章放在身邊，當我來到門口喊：「有掛號包裹。」他們就不需要慌張地回到房內東翻西找。現在，有些收件人聽到我的聲音或車子的喇叭聲，就知道是郵差來了，他們會把印章準備好，再慢慢走到門前。

我的心態也不再著急、沒耐心。即使工作繁瑣，寧可花點心思等待他們翻找印章、花點心思看他們慢慢寫好自己的名字、花點心思跟他們多說一點話，因為說不定我是當天唯一一個跟他們見面說話的人啊。

註1：簡偉駿為拉近與村民的關係，總是熱情地以蘭嶼話與村民打招呼。

註2：基因問題與近親影響，加上蘭嶼四周環海，海面反射的光害很強，村民容易患白內障、視力弱化。

註3及註4：馬然，maran 是叔叔的意思，蘭嶼話，音似馬然，後文皆以馬然表示。嘎米婻，kaminan 是阿姨的意思，音似嘎米婻，後文皆以嘎米婻表示。另外這些是簡偉駿對蘭嶼長輩的稱呼，不過並沒有親屬關係，而是一種親暱展現。

我心目中的「村民」
——關懷獨居長者

明明家裡只有兩位老人家居住，可是卻常常收到來自其他縣市的停車費沒繳、高速公路ETC催繳的掛號。

「嘎米婻，請問這個XXX是妳的誰？」我問。

「喔，那是我的小孩子。」她說。

在蘭嶼送信，我和收件人之間很常出現這種對話。

細問之下，原來這些都是他們的孩子或孫子的郵件。有一對老夫妻還告訴我：「小孩子們都不在蘭嶼，他們在台灣工作。」

通常老人家只要聽到收件人的姓名是他們熟悉的家人，就一定會收下來，不論是罰單或即將被扣款的執行署通知函。

雖然他們根本不曉得那封信的內容是什麼，但只要是孩子們的東西，老人家就覺得應該很重要，得替他們好好保管。

「他們很辛苦呢，在台灣工作。」老人家一邊簽名一邊說。

當下，我感受更多的是他對孩子們的想念。

✉

在偏鄉地區，人口紛紛外移到都市求職，留在部落裡的往往只剩下長輩。

有的孩子一到台灣本島，就彷彿斷了關係。即使父母離世，也沒回來參加喪禮；好一點的，每逢過年會回來探望；更好一些的，會定期寄點東西給家人，放長假就回來陪伴。

因此，每次送信只要看到是僅有老夫妻居住，我都會多停留一些時間。

我想知道他們的孩子還會回來看他們嗎？他們的孩子知道父母的生活狀況嗎？他們的孩子真的放得下心，留兩老過日子嗎？

✉

「你再這樣對我，看看我死了，誰要照顧你？」一位遠嫁到蘭嶼的嘎米婻，正嚴厲對丈夫喝斥。

嘎米婻以前給我的印象，總在工地裡當小工，所以在各種工地都能看見她的身影。但嘎米婻的丈夫卻每天待在家裡，喝得醉醺醺，也從沒看過他出去工作。

我聽岳母提過，別看嘎米婻的丈夫總是酒醉的樣子，他以前可是個對於蘭嶼文化相當瞭解的人，家裡牆上也掛滿羊的頭顱，這在以前的蘭嶼，可是富貴的象徵啊。只可惜後來與「酒」成了好朋友，才會變成現在的模樣。

沒有另一半的分擔，嘎米婻獨自撐起家計，卻又得面對只會伸手要錢買酒的丈夫，這擔子與煎熬或許真的太沉重了，嘎米婻也開始漸漸不再外出工作。

某天一大清早，我看見嘎米婻坐在巷子裡喝酒，她的眼神散發出絕望。之後，我沒再看過她出現在工地。我聽到的是，嘎米婻也像丈夫一樣，每天飲酒過日子。

有幾次觀察到嘎米婻，我發現她體態愈來愈瘦，氣色也沒有以往紅潤，我開始有點擔憂她，而她丈夫的痛風狀況也一天比一天嚴重。

好一陣子，我沒看到他們夫妻出現在部落裡。直到我回台東參加郵局代表大會，在台東依莎婻會館（專門給蘭嶼村民住的地方），看見他們夫妻倆出現在那裡，我才放下心。向前問候才知道，嘎米婻長期飲酒，也沒有正常吃東西，導致肝硬化，丈夫陪同她到台東看診。

當回到蘭嶼，我問嘎米婻：「身體有沒有好一點？」

「有啦！上次去看病，那個醫生一直給我打針，打到我非常害怕，我不太敢再喝酒了。」嘎米婻下定決心地說。

「很好呀，妳也要多吃一點東西，酒也不要再喝了，身體才會趕快好起來。」我說。

之後，就真的再也沒看見他們夫妻倆喝酒。只不過，他們的生活狀況也沒因此有所改善。

✉

我當郵差送信時，看過幾戶村民的住家環境與生活狀況，真的讓人感到非常心疼。

我曾經踏入一間屋子，腳才邁進，一股潮濕霉味與食物腐敗味馬上竄進我鼻腔。屋子沒有完善的遮蔽，若下雨，屋子就會漏水。鍋碗瓢盆散亂在四周，我完全看不出哪裡是廚房，哪邊是臥室。

屋內放滿琳瑯滿目的藝術品，當中摻雜一些海邊撿來的「海洋廢棄物」，如浮球、酒瓶、網子、鐵器……一件一件等著被屋主那雙巧手賦予新的生命。成品卓越，但在這個島上卻沒有市場，只能等待有緣人購買他的藝術品。但也因這樣，沒了正常穩定的收入，即使是再多麼厲害的巧手，也無法不面對殘酷的現實環境。

半拖半移的雙腳，限制住阿公前往原有的住家，於是他在自己的田地裡，搭建一間半開放式的小屋子，但屋子前方的水泥護欄擋住他行進的路，所以他又花好幾天，用重鎚把水泥護欄敲破。

路通了，阿公就不需要再回到有好幾層階梯，讓他行走不方便的住家，只是這間小屋子卻又是連廁所、廚房、衛浴都沒有。

哪怕這些我所見到的住家環境，都是屋主自己選擇的生活方式，但看在我眼裡，我總忍不住想，如果把屋子整理乾淨一點，是不是住起來會更舒適呢？

不過，若朝另一個角度去思考，這可能對他們來說已經是「最舒適的環境」了。

✉

一份關懷獨居長者的資料放在我桌上。這份資料是希望調查獨居長者，了解他們的狀況後，判斷是否要發放物資給他們，若是需要，我們就提供實際的名單給負責的單位統計數量。

只不過，我相信看到這一份資料的外勤同事也許會覺得為難。「我們的郵件都送不完了，還要我們去關懷獨居者。難道送不完，要給我報加班費嗎？」

對於負責某些區域的郵差，他們的郵件量真的是多到需要一段時間才可以消化，而若還要抽出時間去探望獨居長者，那真的有難度。

況且這種調查工作大部分都是分配給郵務稽查或專員負責，然而在蘭嶼沒有稽查、沒有專員，只有唯一的郵局經理。但經理又必須整天待在郵局裡服務村民，因此郵局經理不可能離開郵局。

這一項關懷調查任務，不是放著，沒人要做，就是等著「雞婆的人」去做。

原來，那一位雞婆的人就是我啊！

「我終於『撿到』機會，可以幫助那幾位家裡需要物資的村民了。」當我看見這份資料時，內心感到非常雀躍，就像數隻麻雀同時在電線桿上歡叫。

下一秒，我腦中開始浮現那幾位「我心目中的村民」。

不過，在尋找心目中的村民之前，我特地去椰油村的部落基金會一趟。因為基金會常常聚集許多老人家來玩遊戲、聊天或量血壓，我也問了基金會同仁，是否有更需要物資贈與的獨居者。他們給我的答案，果然也與我心目中的一模一樣。

但我的善意，村民們未必能馬上接受。他們有的還擔心原有的補助會因此而失去。

「嘎米婻，我們郵局近期有一個贈送獨居長者物資的計畫。我認為妳可以擁有這項福利，妳有需要嗎？」我蹲在她身旁問。

她當下的表情給我的感覺，就像把我從頭到腳掃視好幾遍。

嘎米婻心想怎麼可能有那麼好的事。

「那個……弟弟呀，如果我領你們郵局的物資，我的低收入戶會不會被取消？我很擔心啊。」嘎米婻疑惑又擔憂。

不過，嘎米婻的疑惑仍提醒了我。我馬上聯絡負責人詢問，結果得到的答案很令人安心，因為「並不會影響」。

「不會啦，這只是單純發放物資給需要的獨居長者。」嘎米婻先前的擔憂，在我跟她詳細說明後，終於卸下了。

我忘不掉，嘎米婻簽下受贈同意書後的喜悅表情。

嘎米婻口中的感謝兩個字，不曉得對我說了幾次。

✉

我手上還有幾位名單人選，但偏偏來到他們的住處時，他們都不在家，我想一定是跑去田裡工作，又或在某處路邊喝酒。

我心裡非常非常著急，因為明天就要截止收件了，但還有幾位真正需要被幫助的村民，我還沒聯繫上。

我真的不想放棄任何一點機會。

我在他們家不斷徘徊。我告訴自己：「如果再等個幾分鐘，他們應該馬上就會出現吧？」

只是看見我的其他村民也不斷問我：「你在找誰？有需要幫忙嗎？」

我試著到部落鄰近的田地找人。

當我遠遠看到田裡的一道背影。沒錯！就是他。我大聲喊：「馬然，我有事要找你。」

他緩緩向我走來。

「馬然，你有小孩嗎？」我問。

「我都沒老婆，哪來的孩子呀！」他大笑說。

在我平常的觀察裡，他獨自生活，會種植蔬果、下海射魚。

當他簽同意書時，他說：「你有發現我很少喝酒嗎？」

「你本來不就是沒再喝嗎？」我問。

「哪裡，我以前喝很兇耶。」他說。

突然，他掀起身上的衣服，讓我看……

滿身的縫紉傷疤烙在他的肚皮上。「以前我這邊開過刀，那裡也切掉。現在戒酒後，我每天都到田裡耕作，順便採一些要給羊吃的地瓜葉，有時還會下海抓些海產自己吃。我這樣，一個人過日子。

「還好你有來找我，不然我會錯過這個領獨居者物資的機會。」他最後說。

終於讓我看見一位不再沉迷於飲酒的村民，只是有的村民仍執迷不悟。我觀察到那些不菸不酒的獨居長者，他們似乎較了解自己的處境，相對地也比較務實一些，他們會將社會補助津貼留下來，買些生活用品，讓自己的日子「好過一點」。

雖然，最後還是有少數兩三位「我心目中的村民」，我沒找到他們，不過我仍替這幾位村民向關懷獨居長者的負責人爭取機會，最後他們也得到物資資助，這真是完美的結果。

台灣來的比較好
——郵差快捷送上救命藥品

一般來講，只要有門牌，幾乎就一定會有郵件。

再怎麼人緣不好、做人失敗、比邊緣人還更邊緣人，還是會有台電給的電費單、自來水公司給的水費單。

不過有幾戶人家，明明只有兩位老人家，卻有一堆收不完的全聯、家樂福、藥局、百貨公司……的廣告信，奇怪的是，蘭嶼並沒有這些店家呀。原來是小孩子在台灣本島工作，但戶籍仍然設在蘭嶼，所以才會有這種狀況。

另外，還有兩種「比較特別的人」。

第一種是看到郵差就隨口問：「郵差，有我家的東西嗎？」這種大多只是想找我搭個話問候，但我仍會友善地回應。另一種則是定期會問：「郵差，有看到我的郵件嗎？裡面是我的『健保卡和藥物』。」

難怪，我就覺得為什麼你的健保卡要一直寄出去又寄回來。我心裡的疑惑終於得到部分解答。

但我仍有疑惑，於是我問：「馬然，為什麼你要定期把健保卡寄回台灣呢？」

✉

「因為我身體有問題，需要長期服用特定的藥，但是我們蘭嶼的衛生所沒有這種藥啊！所以我都把健保卡寄給在台灣工作的小孩子，請他們幫我去醫院掛號、拿藥，再一起寄回蘭嶼。孩子們也很貼心，偶爾還會幫我買一些保健食品，那種補膝蓋的啦，還有補眼睛、治療腰痠背痛的也都有。」他說。

「原來是這樣呀。但這樣不是很麻煩嗎？寄來寄去的，萬一哪天天氣不好，飛機沒飛、貨船沒來，但又碰上你剛好沒有藥的話，不是要拖很久？」

「也沒辦法啦，在蘭嶼就是這樣。我們只能禱告、祈求自己的身體不要出問題就好。」

聽完馬然一番話，我手上拿著裡頭裝著健保卡及藥物的郵件小包，內心除了感到一陣酸楚之外，更多的是，我告訴自己：「原來我不只是送信而已，有這麼幾位村民的健康狀況，掌握在我手中。」

我常想，在這一塊沒辦法滿足族人醫療需求的島嶼，若能夠像台灣本島一樣資源豐富、方便，那該有多好。

這些有特別需求的村民，就不必將健保卡寄來寄去。交寄的郵資雖然沒有多少，但長期下來也是一筆小額負擔，何況有些是沒有在工作的村民，加上蘭嶼的氣候變化不定，藥物沒有按時進來，豈不是會讓村民坐立難安、提心吊膽？

治療病痛對離島的村民來說，是一件非常奢侈的事情，怪不得常聽到「在離島根本沒有生病的本錢」這種話。

✉

長期送各種郵件，我瞭解部分村民有等待藥物寄來蘭嶼的需求，因此我在區分郵件時，會特別用手摸，或搖晃幾下聽聲音，我用直覺來判定內容物，再根據地址分析收件人和我之前互動的經驗，來認定這份郵件是不是收件人很急需的。

但收件人苦苦等待的，並不一定是藥品。

有可能是申請小孩助學金的成績單，或在台灣工作的夫妻，生了小孩需要辦理生產補助的資料，又或者是家裡長輩請在本島的家人幫忙去刻新的印章，再寄回蘭嶼。（蘭嶼的老人家很多不會操作郵局ATM，所以都必須帶著存摺、印鑑章，來到郵局臨櫃領錢，偏偏像這種重要印章卻最常搞丟。）

有一位住在椰油部落的馬然，每當他將健保卡寄去台灣，讓他的孩子替他領藥時，他的孩子每次都會用「快捷郵件」，將藥品連同健保卡寄回來蘭嶼給他。可想而知，這是多麼爭取時間的行為，就是不希望讓在蘭嶼的爸爸等候太久。

而每天早上，在郵件搭第一班飛機進來蘭嶼，我從機場把郵袋接回郵局，若拆開郵袋，看見這位馬然的藥品進來了，我一定當天安排時間送給他。

有時他會提前幾天打電話到郵局，問有沒有他的藥和健保卡，我都跟他說：「如果我有看到，一定馬上幫你送過去。」

有幾次，他都還沒問，也不確定藥品寄到蘭嶼了沒，但我一早就出現在他家門口，請他出來領郵件。

他會說：「唉呀，怎麼這麼快就到了，真的很感謝你呢。」

其實，在離島蘭嶼並沒有快捷投遞區，只不過因為郵件內容物是關係到收件人的生命安全，所以無論工作多麼繁忙，我還是會犧牲休息、吃飯的時間，盡速把郵件送給收件人。

我對郵差這份職業的價值感與成就感，也漸漸在我心中建立了起來。

✉

還有一位跟我住在同一部落的馬然，他也是固定時間一到，就會找我領藥的那種。有幾次早上一拆開郵袋，我發現他的郵件是用快捷寄來蘭嶼，內容物上寫著「痛風藥」。

可想而知，他前幾天一定是吃了啤酒配海鮮、燒酒雞、生魚片等等這種「痛風料理」。我在局內打電話通知他：「馬然，你的『痛風藥來了』，看你今天能不能騎車來郵局一趟領藥？」

（這位馬然很常不在家裡，所以都得用電話通知他前來郵局領藥。）

「弟弟呀，我就是因為『痛風發作』，出不了家門，更別說要騎車到郵局拿藥。你今天下班可以順路拿給我嗎？」

「喔……好啦，我下班再送去你家，你忍一下，但是酒還是要少喝啦。」

✉

我曾經問過幾位「痛風專家的村民」：「衛生所開的痛風藥跟在台灣買的，差別在哪裡？」

「吼，你這個就不懂了。那個『台灣來的藥效比較強』，吃完後，痛風馬上就消失。這樣，我就可以再喝上好幾天……」

「上次我還分給誰誰誰幾粒痛風藥，他也說吃台灣買的痛風藥，真的比較有效耶。」

「早上原本還在家躺著，痛到不能走路，吃完藥，下午就在喝酒了。」

在離島村民眼中，台灣的月亮真的比較圓，因為台灣的痛風藥效比較強呀。

「很久沒看到你了」
——我可以參選蘭嶼鄉鄉長

每到夏天季節，離島蘭嶼的郵件量就會增加。

以往夏季都只有兩位郵差負責全島的郵件，今年上級長官聽到我們離島的需求，以及想維護離島的投遞品質，加派了一位郵差來支援。

這位來支援的資深郵差吳哥，也是當初進局帶我的師傅之一。他年紀已邁入退休年齡，只能做固定的區段。（單純送信、送包裹，沒接觸到行政業務。）我們也不勉強他多學一些，不然吳哥可能真的會提早退休。

而當季節來到秋冬，島上的郵件量也就跟遊客一樣，進入秋冬。

原本在夏季支援的吳哥，已經回台東郵局工作，換我接手椰油、朗島、東清、野銀這幾個部落的郵件。這個區段，我們自己稱作「村莊二區」，是一天跑下來需要半天以上的時間。騎機車送完這四個村莊的郵件，也要四十公里左右。

但說實在的，我滿喜歡跑二區這個區段。因為不需要整天待在郵局，等待時間分發郵件（把蘭嶼要寄去本島的郵件拿到機場托運，每日固定早上、下午各一班次），還要處理一些行政業務，被限制在局內，時不時還要接電話、處理郵件問題等。

至於「村莊一區」，就得負責前面所說的工作，大多時間都待在局內，接觸室外的自由空間顯得較少。

✉

我深愛騎車、開車到村莊裡投遞郵件。

一整天在戶外工作，對有些郵差來說可能是件辛苦的事情，因為要經歷烈陽曝曬、狂風暴雨，但如果能夠做好防曬、防雨，其實也是可以克服這些外在因素。而且既然我都來到這個環境，我就得去摸索它的性格，慢慢去瞭解它，從中感受它的美好與溫柔，好讓自己更喜歡這份工作。

幾日過後，我終於回到我滿心期待的「村莊二區」遞送郵件。

然而，因為秋冬季節吹的是東北季風，此時的送信路線必須由野銀部落開始，一路往椰油部落方向（逆時鐘）投遞，這樣才不會在某些路段因為強風，讓車子被吹得難以前行。

✉

一位在雜貨店打工、與我熟識的姊姊，一聽到我的機車聲，就跑出來問：「有我的信嗎？」

我拉下面罩說：「小姐，好久不見啊！我很久沒看到妳了呢。」

「原來是你呀！真的好～久沒看到你了，還特別叫我小姐呢。我還以為你已經調回台灣了，害我很想你。」

「我的情書呢？怎麼都還沒送來？」

「唉唷，我都已經被訂走了，還要寫什麼情書啦。」

「好啦，你還在蘭嶼就好，不然再也看不到你。」

「妳家的信，我等等幫妳放在門口喔，我先走嘍，米咕婻（我先離開）。」

看見這位在雜貨店打工的姊姊，讓我想起之前她向我們郵局訂購衛生紙。

但剛好那一週非常忙碌，包裹量特別多。村民的每一件包裹的體積，好像都在比賽誰的比較大包一樣，害我的郵務車都沒有足夠的空間，也因此塞不下她訂的衛生紙。

在村莊送信時，就被她給攔了下來。

她說：「帥哥，我們家的衛生紙什麼時候要幫我送啦？上次答應要幫我送，到現在都還沒收到耶。」

「好啦，我明天幫妳送過來，因為這幾天的包裹都太大箱，塞不下車子，所以沒辦法送。妳家廁所是已經沒衛生紙可以用了喔？可以改用芋頭的葉子呀，以前我在山上還用過石頭呢。」我說。

「唉唷，你很煩耶。趕快幫我送啦。」

但隔天，我竟然又忘記幫她送了。

深怕她真的會去摘葉子或撿石頭來用，還是趕緊幫她送好了。

✉

我來到一戶斜坡上的住家，外頭飼養幾隻豬，還有一張小小的木平台，可以在外頭坐著休息。這間屋子的主人在我投遞郵件時，看到我辛苦的樣子，總會替我加油打氣，有時還會邀我一起進去他家吃頓飯。

不過，這次走出門來領郵件的不是這戶人家的人，是上次下班後經過衛生所看到的愛漂亮嘎米婻。

當時在衛生所看見她面色有些憔悴、手上用繃帶纏著，一旁還有兒子攙扶，不過當時因天色已晚，所以我並沒有停下車來問候，只是當我沿著被樹林包覆的山路小徑騎車，路上只有我一台微弱的車燈時，內心仍記掛著嘎米婻到底是發生什麼事了。

這位嘎米婻的家其實也住在這附近，她喜歡到處找鄰居聊天，所以不常待在家，反倒更容易在其他人家的家裡看見她。

「看她那吃檳榔後的紅唇，配上迷人的笑容，她以前應該是很漂亮的部落小姐。」我心想。

「唉唷，弟弟原來是你呀，我還以為是之前那個年紀較大的阿伯呢。」

「沒有啦，他已經回去了，換我送這邊的信。」

「是這樣喔。對了，我也好久沒看到你了耶！」

「對呀，我也是很久沒看到妳，最近過得還好嗎？對了，妳的手怎麼了？怎麼包起來？」

「就上次被XX騎車撞到，害我的手掌轉了半圈都骨折，痛死了。」

「到底發生什麼事？妳很愛誇飾法耶。（我用手比給她看她所形容的樣子。）」

「不過，那個指甲是發生什麼事？搽得五顏六色，很漂亮呀。」

嘎米嫦聽到後害羞轉頭，又扭動著身體。

「我的手因為受傷，沒辦法去山上工作（『難怪手指甲這麼漂亮，又沒有卡泥土。』我在一旁說），所以就給它上點顏色呀。偷偷跟你講喔，上次我去做手術開刀，醫生要我把指甲油、戒指、手環全部拿掉耶，害我都不能漂亮的在手術房裡面。」

「嘎米嫦，本來在手術房就要這樣啦。我看到妳的手受傷，很心疼呢，希望妳能夠早日康復。」

突然，屋內傳出騷動，住在這裡的屋主走了出來。

「原來是你呀，我們的『排灣族女婿』好久不見，很～（拉長音）久沒看到你。」

「嘎米嫦共（阿姨好），對呀，好久不見了，很想念你們呀！」我說。

「上次我回到你們屏東霧台那邊找我的親戚，你有想要什麼禮物嗎？我下次若有回去再幫你帶回來。」她說。

「那邊很山上耶！不用麻煩妳啦～還是幫我帶個小米酒就好。（厚臉皮地說。）」我說。

「好喔，你等一下騎車小心唷，因為這幾天的東北季風很強，又在下雨，要注意安全。」她們說。

「阿悠伊（謝謝），米咕嫦（我先離開）。」我發動著車。

在離島蘭嶼的郵差，核定員額只有兩個。

這兩個郵差，彼此每個月輪流換區做，這麼一來比較不會因為長期久待在某一區，而忘記另一區的郵件路線怎麼送。但也因為這樣，所以不管換到哪一區，常常會有村民問我：「怎麼又換你了？好久沒看到你了、你是去放假喔、我還以為你調走了呢……」能夠與村民建立良好的關係，多半是靠平常投遞郵件互動而培養出來。

很難想像原本是個在蘭嶼沒有任何朋友的排灣族郵差，但現在我認識的朋友，或許比我身旁的蘭嶼親人還多。

每當家裡人聊天談論到誰誰誰，我腦海裡首先出現的是門牌號碼，之後我就會開口：「喔對，他家住在哪裡、他家附近有什麼好吃的店、他跟誰是親戚等等。（當然，關於更私人的事情，我不可以說出口，要保護村民的隱私。）」

親戚聽到我怎麼可以比他們還更瞭解這些人時，都說：「你下次可以參選蘭嶼鄉鄉長了。」

「我親愛的孫子」

——我像嘎米婻的寶石

「喂，郵差，那個顏玉里的嘎米婻在找你啦，而且她剛以為騎機車經過的郵差是你，一直問我那是誰，是我們的蘭嶼女婿嗎？是那一位排灣族嗎？」椰油部落文化基金會（註1）的服務員對我說。

於是，我便走進基金會找這位嘎米婻，問問她是不是有什麼事情找我。

「嘎米婻共（阿姨好）（註2），聽說妳在想我喔。」我開玩笑地說。

「唉呀！我親愛的孫子（註3），好久沒見到你了啊，很想念你呢。」嘎米婻顯然感到有點不好意思，還用手掌捂著嘴笑。

「我才更想念妳呢！每當我去妳家的時候，妳都剛好不在，我只能把信件放在桌上壓好。我心裡還想，妳很會亂跑啊。」

「哪裡有亂跑！這個疫情讓我都關在家裡，快悶死、無聊透了。」

「沒辦法呀，三級防疫大家都沒辦法聚在一起，而且會被罰錢。妳很懷念跟大家在基金會玩遊戲吧？」

「對呀，很想念這些老人家。」

「對了，我正好也要拿包裹給妳，幫我簽名一下。」

我蹲下身子，在一旁看著她簽名。

簽完名之後，嘎米婻用手摸摸我的頭，好像在對待自己的孫子一樣，這種感覺好特別。即便我們沒有血緣關係，但我卻好像在跟自己的阿嬤相處。

「這個包裹很重嗎？」她問。

「好像有點重量，要不要我直接幫妳抬回家？」我說。

因為嘎米婻行動不方便，也不好提重物，因此我打算待會兒順路幫她放到家裡。

「好啊，你幫我放在外面的椅子上就好。」

不料，這天當我送完包裹後，卻完全忘了這件事，而且我還把她的包裹誤認為是收件人不在家的未妥投郵件，又載回郵局裡。

我只好在那天下班後，專程跑一趟椰油部落。

當車開到嘎米婻家時，遠遠就看見嘎米婻安靜的坐在家門口，我呼喊：「嘎米婻！」

嘎米婻抬頭，在她看見我手上拎著她的包裹時，她用手摸了胸口，並深深喘了一口氣，好像有什麼事終於讓她放下心來一樣。

「你說包裹會幫我放在椅子上，可是我回來的時候完全沒看到呀。我一直懷疑是不是被偷走了呢？」她有點氣憤、擔心。

原來她一整天都在擔心包裹是不是不見，又或者被人家拿走了。怪不得她還沒看見我時，我看見她的表情凝重且不悅。在看見包裹後，她才笑了。

雖然包裹只是乾糧物資而已（註4），幾乎每個月都會收到，但對她來說，「能夠收到包裹」仍是一件非常開心的事，或許是因為這些物資足以舒緩挨餓的日子，也或許是有個像孫子般的郵差對她非常關照。

「不好意思呀，昨天是我忘記了，但因為今天又有點忙，因此心想下班後再幫妳送過來，也順便好好探望妳，對不起啦～」我說，並且將今天村民送我的一些水果與她分享。

同時我也想起，剛剛看見嘎米婻擔心的樣子，我心裡一陣難受。

「蘭嶼的老人家總是信任我，也對我非常好。我對於自己的疏忽，謹記在心。」

下次，可別再讓她擔心了。

✉

有一天，我在農會外頭送包裹，一看見香香姊，我很開心，大聲呼喊她：「喂～怎麼好久沒看到妳了？」

香香姊和我一樣，也是排灣族。她離鄉嫁到蘭嶼，目前任職於蘭嶼居家關懷中心，擔任訪視員。我常常與她在族人的住家相遇，因此我們又比其他人更親近，當然我也忘不了她那傻裡傻氣的燦爛笑容。

我其實有點忘記當初我們是怎麼相識的，但八九不離十，一定是這樣的對話：「你哪裡的？你有排灣族的味道呢。」

「我是春日鄉的，妳呢？」

「唉唷～我就在你們村莊隔壁的隔壁的隔壁的丹路部落啊。（事實上是相隔非常遠的距離，卻硬要說是隔壁。）」

「很開心能夠遇到同胞呢！」

「有喝保力達嗎?」

「沒有耶!」

「唉唷,這樣怎麼當朋友~」

以上大概是「族人認親」的基本套路。

不過,有一段時間,我發現她家大門深鎖,連懸掛在門口的信箱都滿到無法塞進更多的信件,我也沒再看見她在島上工作。我一度認為她應該是搬回屏東丹路部落居住。雖然我們倆不是朝夕相處,但每一次遇見,我們一定會攀談幾句,問候彼此,甚至是給對方一個擁抱。

「我親愛的孩子。」她時常抱著我說。

若真是我所想的那樣不告而別,是不是也太無情了點呢?

好歹我們也是血緣相近,且住在隔壁隔壁隔壁的族群呀,香香姊。

對了,她的年齡歲數應該比我母親多了幾個指頭。

「妳到底消失去哪裡了啊?很久~(拉長音)沒看到妳了耶。」

「唉唷,我跟你說,我差點死掉耶!」她左顧右盼,緩慢地靠近我的車窗大聲說。

「什麼差點死掉？不要亂說啦。」我說。

「真的啦，就是打那個新冠肺炎的疫苗啊。上次打完第一劑的時候，我身體感到非常不舒服，然後直接坐直升機出去呢。」（註5）

「原來如此，妳現在看起來感覺還是很累的樣子，怎麼不多休息一陣子呢？」

即使她臉上塗抹著一層厚厚的粉霜，但也掩飾不了她憔悴的面容，當然也更沒能看見她原本的燦爛笑容。

「我也想休息，可是這樣就沒有收入了啊。」

「說得也是，但妳也不要太勉強自己，妳要多注意身體的狀況。」我很替她擔心。

看到香香姊，我很開心，但也很擔心。

開心是她原來還在蘭嶼正常呼吸，只是出了點意外，讓她離開一陣子。擔心的是，她的身體狀況沒有像以前那樣健康。她之前還可以替族人做些清掃、整理家務的工作，現在恐怕只能做些更簡單的工作。

後來有一天，我和香香姊在便當店偶遇，我倆站在一起等候便當，她悄悄地牽起我另一隻手。

這種感覺難以言喻，讓我回想起已離世多年的母親牽著、抱著我的感覺。

✉

有一天，我來到一七九號的住宅，我對著窗口喊：「嘎米𡟮！有掛號要簽收唷。」這間屋子不僅是住家，同時也販售包子等點心。每到中午時刻，若有經過這裡，我都會買心心念念的肉包及蔥抓餅作為午餐。長期下來，嘎米𡟮也早已熟記我的菜單。只要聽見郵差車聲及看見一身綠的裝扮，就知道我又要來點餐了。

只不過，這次我看見屋內的右側擺了一張床，上頭躺著一位阿戈斯（更年長的女性稱呼）。

「阿戈斯共（阿嬤好）！」我又對著屋內喊。

阿戈斯被我熱情的招呼聲吸引。她緩緩地從床墊上坐起，口中唸著一小段母語。

原本在簽收掛號的嘎米𡟮，也停了下來。她專注地聽阿戈斯說話。

「阿戈斯在說什麼呢？」我問。

「她說你很有禮貌，每次前來送信都會跟她打聲招呼，而你就像她的寶石一樣。」嘎米𡟮說。

「寶石？」寶石這語詞讓我覺得很特別。

「意思是說你就像她的心肝寶貝。」嘎米婻解釋。

✉

面對島上語言頻道不相通的老人家，我總是用最熱情的蘭嶼話打招呼並問候。而我的口吻與身影，也早已變成長輩們識別的特徵。

我很開心有族人會在眾多的車群中，尋找那位排灣族郵差；也很榮幸被阿戈斯們視為寶物疼愛著。

真想對她們大聲說：「妳們每一位在我眼裡也都是珍貴的寶石啊！」

註1：椰油部落文化基金會是一個時常聚集村落長輩的地方，此處有服務人員安排活動及旅遊，使這些長輩不至於每天都孤單地待在屋內，可來到基金會一同談天說笑。

註2：蘭嶼話的問候語。例如，嘎米婻共（問候女性長輩，阿姨好）、馬然共（問候男性長輩，叔叔好）、阿給共（問候更年長的男性，阿公好）、阿戈斯共（問候更年長的女性，阿嬤好）。這些問候口語，

是簡偉駿來到蘭嶼最先學習的達悟族語之一，因為每天都會用得到，哪怕是走在路上遇到不熟或熟識的族人，他也都一定會開口問候。也因蘭嶼達悟族人有這樣的問候口語，讓簡偉駿覺得更容易拉近人與人之間的距離。

註3：「我親愛的孫子」、「我親愛的孩子」這兩位不同的阿姨會這樣稱呼簡偉駿，是因為簡偉駿平常送信時，遇到她們，都會特別以蘭嶼話跟她們寒暄幾句，同時她們也是簡偉駿先前關注的獨居長者對象。長期下來的互動，造就簡偉駿與村民們的之間情感愈來愈深，所以她們也才會這麼親密地稱呼簡偉駿。

註4：經由當地輔導單位（世界展望會、原住民家庭照顧中心、文化部落基金會）評估村民的生活處境，若村民生活困難，便會替村民申請生活物資。

註5：若在蘭嶼坐直升機後送至本島，幾乎都是因為發生重症。

最後一道防線

——當村民網購被詐騙，協助處理

「郵差，跟你說，我被騙了啦！」在農會工作的一個姊姊大聲對我說。

這天，我正好到農會找一位平常都不在家的收件人。我直接殺進對方的工作場所抓人簽收。

若無法得知收件人的工作地點，也無從尋找，我們郵差會寫一張領取包裹的通知單，放進對方的信箱或門縫裡。等到隔日或幾天後，他們就會來郵局領取包裹，但若過了一週還是沒來領的話，我們會進行第二次投遞。

「發生什麼事了？」我問。

「我上網訂購鞋子，結果收到的商品，簡直是可以捐到印度了啊，因為那是一雙已經穿過、又髒又舊的二手鞋啊。」她說。

「我後續打去客服詢問，結果客服加我的LINE之後，說了一些有的沒有的甜言蜜語，但還是沒幫我處理。」她更生氣地說。

「都已經過多久了？妳怎麼不早點聯絡我們？還有機會可以幫妳處理退貨呀。」我說。

「上一次，妳不也是買了標榜好吃的蜂蜜，裡頭還有號稱現採的蜂窩，但寄來的卻只是一般的蜂蜜。啊蜂窩跑去哪裡了呢？不要跟我說這種蜜蜂沒有家唷。從那次的經驗，我已告訴過妳，有疑慮，切記要聯絡我呀。」

「好啦，以後不敢再亂買了。我以後有疑慮的話，會去郵局找你。」

唉聲嘆氣的她，仍拿了一瓶咖啡送我。

其實有九成九的村民都跟我說過相同的話，但九成九「都還是會繼續買」，不死心嘛。

✉

有買過、有被騙過的收件人後來都很聰明了，他們會跑來郵局說：「我先付錢。如果產品有問題，我就當面反映。」

有一位嘎米婻，拿著包裹通知書來找我，說要領包裹。（還指定東清村的女婿郵差，那就是我啦。）

她要求我幫忙拆開看是什麼東西。我們彼此都熟識，也信任對方。

當我拿著美工刀劃開包裹，手伸進去將物品稍微拿起來看，發覺，靠，這該不會是……

「嘎米婻，好像是軟軟的東西呢……」我說。

「什麼東西啊？你直接告訴我就好了啊。」她一邊整理包包，一邊不耐煩地說。

「呃……好像是矽膠做的耶。」我彆扭地說。

「蛤？我看看。」

下一秒，她直接把包裹移到自己面前，把內容物拿出來看。

「XX娘勒XXX，我怎麼可能會買這種東西啦?!」她火爆的在郵局營業廳大聲說。

激烈的情緒，引來在場的村民過來關心。

「是什麼東西啊？唉唷，怎麼會這樣啦？」別村的嘎米婻說。

「這個我不要啦，我買這個幹麼……」另一位嘎米婻不好意思地說。

「好，沒關係，我幫妳退掉就好……」我說。

「唉唷，嘎米婻～妳剛剛很讓我為難，要我說出來是什麼東西，讓我有點不好意思。」

我邊把包裹裝回去，邊安慰對方。

這些廠商也太不專業了，既然要亂寄送情趣用品給收件人簽收付款，至少也要先做個簡單的市場調查，難道不曉得離島蘭嶼幾乎都是年長的長輩嗎？（還真沒禮貌。）

不過，還好嘎米婻有當場拆開看內容物，不然包裹被她帶回去後，整箱的「二、三十支情趣用品」，不曉得要放到哪裡去。

✉

「嘎米婻，有妳的包裹，要收錢的喔。」我說。

這天，我來到漁人部落的早餐店，找收件人交付包裹，並打算收取貨到付款的費用。

當時的早餐店非常忙碌，有很多遊客在等候。嘎米婻其實也記不得自己買了些什麼，

但一來不想讓我等候太久，二來她還要照顧店裡的客人，所以她趕緊請老公拿錢付款。

之後，連續幾次收到的包裹都要付款時，我察覺她開始猶豫了。

我同樣也感到非常不對勁，便問：「嘎米婻，妳最近有買東西嗎？怎麼愈買愈多？」

她面有難色。

因此，我開口直說：「沒關係，如果真的有問題，就要跟我說。我很願意幫妳做退回處理。」

我話一說完，嘎米婻像是卸下難以啟齒的重擔。

原來有幾次當她收下包裹後拆開，裡面的內容物竟然都是一些沒有用的雜物，例如牙刷、鞋油、針筒……或是原本已經收到的餐具用品重新又寄一組給她，然後又讓她多付一次錢。

「我實在很不想麻煩你們郵差幫我退貨，所以我都會自認倒楣，認為是自己網購沒注意。

「但這次很謝謝你願意花時間在我們這幾位老人家身上，處理網購的退貨問題。真的很謝謝你——我們的郵差。」

✉

「弟弟，早上我老婆去郵局幫我領的包裹好像有問題呢。」部落的嘎嘎（哥哥）打電話跟我說。

「是喔，因為你老婆說你有買東西，所以我就沒有太多疑慮，讓她收走了啊。」

「那你下班後可以來我家一趟嗎？我給你看看內容物，再幫我評評理。」

自從我來到蘭嶼當郵差，時常有這種「售後服務項目」，也使得如果有郵務的相關問題，村民偏向找我。

但也不全然都可以在當天就處理完成，還得看收件人住在哪一個部落。有順路當然最好，沒有的話，只能等明天有經過時再去一趟，或請對方來郵局一趟。

「本來是要送給我叔叔的捲線器釣具，誰知道收到的是『小朋友要玩的釣具』。X，他媽的！」

我靠近看，連我都不禁笑了出來。

「真的是很糟糕的直播賣家，我要把他擷取下來，告訴朋友說不要買他的釣具用品。」嘎嘎氣憤地說。

他滑著手機裡的相簿，尋找他所拍下的賣家資料，要秀給我看。

「啊，這個是能夠釣什麼魚啦？你確定要送我這個當生日禮物喔？」這時剛回到家的叔叔看到這一幕。

「沒有啦，叔叔，因為我被賣家騙，所以請弟弟來幫我看一下包裹。」嘎嘎急忙向叔叔解釋。

「沒關係，我們把東西包裝好，把原有的配件都放回去。我幫你處理退貨問題。」

「還好有你呢，弟弟。有幾次我都被騙了，但不曉得要找誰處理，打給廠商或客服都沒有人願意幫忙。」他在一旁的老婆說。

✉

蘭嶼的生活無法和台灣本島相提並論，很多生活上所需都得依靠網購或請住在台灣的朋友幫忙寄回蘭嶼。

蘭嶼村民最常上網購買的是寵物飼料、罐頭、貓砂；嬰幼兒的奶粉、尿布、衣物；年輕人射魚用的蛙鞋、手電筒和釣具，以及老人在服用的保健食品、痛風藥……而在那看不到的虛擬消費中，往往既讓人期待，但又怕受傷害。

雖然我的做法對賣家而言，可能會有交易上的不公平，但村民也是因為信任店家和郵局，才願意掏錢出來付款，有幾次我甚至還被村民以為是協助詐騙的人。

我並不想成為這環節裡的加害者，畢竟那每一塊錢都是村民的汗水換來的，所以有必要有人為他們守住最後一道防線。

網購
——不能讓老婆、老公知道

隨著人手一機，加上社群軟體影響，大家的手機上很常出現各式各樣的廣告訊息。或許是蘭嶼的商品較少，所以村民很常在網路上購買商品。若是近期臉書廣告上常出現的商品，那麼就一定會出現在他們的訂單裡，例如一斬就斷的割草機、炒半天手不會瘦的炒菜鍋、穿了會瘦身的腳趾套等等。

這些很常出現的商品幾乎都是「貨到付款」。但寄件人卻是寫著物流公司的名稱，根本無法知道廠商是誰、內容物是什麼。

村民也很常因為買了很多東西，而忘記自己買了些什麼，導致我在投遞包裹時，很常被問：「這是什麼呢？」「啊，我又買了什麼？」

一開始，我如實對他們說：「你們買了什麼東西，我怎麼可能會知道。你要收嗎？」

村民就用疑惑的表情看著我。

後來，陸續有比較年輕的哥哥們，拿著早上剛簽收的包裹，對我說：「這個東西跟我網路上看得不一樣呀，而且賣家說要送我贈品也沒有。」

我才驚覺到這可能是另類的詐騙手法。

更扯的還有遇過一個阿公在網路上買了一款割草機，但收到的割草機卻只有引擎，沒有割草的功能。

阿公反問我：「這個要我怎麼使用？」

當下我心想，這可能是改良版的喔，於是我還認真地幫阿公組裝，後來才發現割草機無法正常運作，根本是不能用的東西。

還有一次是一位嘎米婻，當她把包裹拆開，小心翼翼地拿在手上看了看，突然氣憤地說：「這個我不要！上次買了這家的假睫毛跟網路上看的差那麼多，我戴起來怎麼那麼醜。」

（我心想：會不會是長相的問題，假睫毛是無辜的。）

自從碰過幾次這種要收錢的包裹後，我都會格外小心。

我會向收件人詢問近期有沒有買相關用品，讓他們多少能夠喚起一些記憶。有的會說：「啊！有啦，我有買這個。」有的收件人會看呀看、摸呀摸，慢慢猜到底自己買了什麼。（還是他身上錢不夠，不好意思跟我說……）

現在比較好的狀況是可以請收件人到郵局與經理一起查看包裹，再由收件人決定是否要簽收，麻煩的是還要寫一張切結書。

這種做法當然是很好，可以預防村民被不肖廠商欺騙。但是，卻也衍生出一些讓我頭痛的事。

村民到郵局跟我說：「我先試穿看看這件衣服、鞋子適不適合我。若不適合，我再當場跟你退貨就好。」

還好目前沒有遇到跟我說我先試吃看看的村民。

怎麼我的工作是投遞信件、包裹，現在卻搞得像H＆M的試衣員？

✉

另外，有幾位村民財力雄厚，每一趟的船班進來時，都一定會有他的包裹。我們會針對這種「大咖」，特別把他的東西堆在一旁，好讓他過來領取時一次搬走，不必在包裹堆裡東翻西找。

也有幾位特定的姊姊、嘎米婻會打電話給我：「郵差，有我付款的包裹不要送到我家啊，我自己再過去找你領，不然我老公會罵。」

也有哥哥、馬然打電話給我：「ㄟ，我有網購釣竿，但不要送來我家。我老婆會罵我一直買，然後又釣不到魚這樣。我之後再過去郵局找你領。」

以上的狀況，我都能夠諒解，畢竟都是要滿足自己的欲望。但曾經有一次我忙過頭，在我拿起電話聯繫那幾位親自交代要來郵局領包裹的人後，沒想到當中就有那麼一對夫妻，他們在同一個時間出現在郵局領包裹，我只能尷尬地笑了。

夫妻倆在現場互虧：「你又買什麼……」「那妳又買了什麼？」

反倒有些個性比較豪爽的嘎米婻們，她們三五成群來到郵局找我領包裹，因為她們都收到一張綠色的包裹招領單。

而嘎米婻們就會互虧：「哎呀，又買什麼情趣用品？老公都走了，那麼寂寞喔！」

「沒有啦，最近海鹽比較嚴重，那個跳蛋已經生鏽了啦。」

在公開場合聽到嘎米婻們說這種玩笑話，真的讓人感到非常害羞。

除了村民之外，我們也會負責跑到各個機關送包裹。有幾位嘎米姉們，為了避免老公知道自己又買了東西，就會把收件地址寫工作地點，這麼一來就可以「安心」地網購。而我通常就會跑到那間辦公室找收件人，大聲喊：「某某有包裹，要收錢。」同事們就會抬頭看著她：「吼！怎麼都是妳，又亂買什麼？」

我有時還會護航：「可能是晚上無聊、不小心按到的啦。」但後續有幾次發覺，我這樣的行為可能會讓收件人感到不好意思。

之後，我和收件人彼此就有一股默契。我們會互相用眼神示意，或下巴點個幾下，收件人就知道她有要付款的包裹。

✉

通常村民網購都是買給自己或家人。然而，在島上有一位嘎米姉非常特別，她近期才從台灣本島搬回蘭嶼定居，以前在送包裹時很少她家的東西。但後來，一直不斷有貨到付款的包裹往她家寄。我心想會不會是嘎米姉以為網路的東西都不用付錢，所以瘋狂地下單。

一問之下才知道，她要買進這些商品，再轉售給其他村民。說真的，這種做生意的頭腦轉得真快。但我也提醒她要注意網路賣的商品，很多都是有問題的店家。

從此之後，她購買的數量明顯減少了。

✉

這幾年，有許多部落裡的年輕女子帶著小孩回到蘭嶼生活。孩子們使用的奶粉、尿布在蘭嶼的賣場幾乎很難買到小孩原本使用的款式，因此完全依賴在台灣本島的親朋好友幫忙購買後再轉寄過來。

有幾次，因為船班延誤導致包裹沒在預定時間進來，使得小孩沒尿布、沒奶粉使用，最後是藉由蘭嶼的社群軟體，詢問其他村民有沒有多餘用品可以先賣給她們。

也因為這樣，激起我不管是因船班延誤後才進來的包裹，又或者是當天進來的，我都會想著那些在家等候包裹的村民們，我想讓他們盡速拿到包裹啊。

老人家
——在副駕駛座「留下痕跡」

「大熱天的，馬路這麼燙，怎麼能夠不穿鞋走路呢？」

在蘭嶼的紅頭與漁人部落之間，我時常看見一個年約七八十歲的馬然。他光著腳丫，走在路上。有時穿著丁字褲、背著簡陋的嘎瑞（網袋），對著行駛而來的車輛招手攔車。每當看見這樣的畫面，我就會在心裡默唸：「希望有人能夠載他一程。」

時間接近正中午，我開著郵務車，往椰油部落方向送包裹。

在某個轉彎處，我看見他又在走路……實在是容不下眼前的老人家這樣虐待自己。我將車子緩緩駛近。

他頭一轉，張著那口參差不齊的牙齒，微笑地把我攔下來說：「載我、載我！」

我將車停好，也把副駕駛的位置清空。馬然手把一抓，就溜上車來，連同難以忘懷的老人氣味撲鼻而來。

我趕緊將車窗搖下通風，免得這股氣味讓人暈眩。

「你是哪裡來的？

「結婚了嗎？

「有沒有女朋友？」

馬然連續式的提問，甚至有些國語說不太清楚，因為他已經很老了。

「你自己住嗎？

「有沒有其他親人？

「你家的信件很少呢？」

我也好奇地反問他。

但有許多問題，他都沒回答我，只是一直說自己沒有老婆。他一個人。

我去過他的住所。一間五六坪大的空房，不甚理想的生活環境，就連廁所都沒有。

偶爾我從他住所的後方騎車經過，都能看見他躲在後門解小號，還對著我微笑。

他在車上靜靜地看著窗外，不再問我任何問題。

當「農會」大大的兩個字出現在眼前不遠處，馬然慢慢地微笑了。車一停，他急急忙忙地觸摸四周，一臉疑惑。

過一會兒，我回過神，才知道他不會開門。我趕緊繞到另一側，幫他開門。

他依然是那燦爛的笑容，對我說：「謝謝你。」

✉

幾日後，我們又再次相遇。但這次的狀況比較特別，所謂的「老人味」更濃了些。

「馬然這次要去哪裡？」我問。

「我要去郵局，已經沒錢了。」馬然說。

到郵局，他下車後，我發現副駕座位上怎麼有點泛黃？原來是濕濕的排泄物。

原來他沒感覺到自己已經在車上「留下美好的痕跡」，就匆忙下車離去。

但回想起來，我還真沒埋怨馬然怎麼連拉屎在車上都不跟我說，只因我清楚知道，他已經是個老人了。

✉

「不好意思，打擾一下。我想請問董修廉馬然的包裹為什麼要寫長照中心的地址？他不是住在漁人五十八號嗎？」我問。

「喔……對了。以後這位馬然的包裹，都送來長照中心這裡就好了。」長照中心的人員說。

「為什麼呢？」

「他……近期可能回不來。」

「什麼意思？」

「他身體的狀況愈來愈糟糕。目前他被安置在台東的醫院。」

「所以，有他的包裹、物資就拿來這裡放吧。」

不久後，馬然的親戚來到郵局找我。

「郵差，以後漁人五十八號的信件都拿到椰油部落給我們就好。那一間屋子已經沒人住了。」嘎米婻說。

原來馬然在我換區段的期間，悄悄地離開了。（我換到另一區送信，所以都沒見到他。）

後來只要有送到漁人五十八號的水費、電費帳單，我都會假裝那一間屋子還有人住，故意把信件放進門縫中。

或許，這是唯一想念他的方式。

✉

「阿戈斯（阿嬤），我有禮物要送妳，我們去妳家一下，好不好？」我將正準備出門的阿戈斯攔下。

「這一份禮物是我們郵局今年關懷獨居長者送的禮品，內容物有洗衣精、洗髮精和麥片等等，希望妳會喜歡。」我說。

同時在房內休息的阿給（阿公）聽見我們倆的談話聲，他慢慢移駕至門口跟我和妻子打聲招呼。（這天週末的加班工作是由妻子陪我同行，發送禮品。）

「阿給、阿戈斯，我們來拍張照片作紀念，好嗎？」我提出建議。

阿戈斯爽快地答應，並比出YA的手勢。但阿給卻是安靜的曲著腳看鏡頭，他完全不發一語。

「今天終於完成第一項任務了，妳看照片中的老夫老妻看起來真甜蜜啊！將來我們一大把年紀後，也要像他們這樣互相依賴。」我對妻子說。

兩天後，我在部落間投遞信件，看見阿戈斯蹲坐在她孩子家門口。她身體在顫抖，手上還有一道不淺的撕裂傷。

「阿戈斯，妳的手怎麼了？怎麼傷得這麼嚴重？」我急著問。

「我老公打的。

「他從來沒打過我，可是今天卻動手了，還把我的手弄成這樣。而且我嚴重懷疑他有外遇……」她邊搖頭邊說。

「怎麼會這樣？要不要我帶妳去衛生所？」

「沒關係，我在等我的女兒來接我。」阿戈斯說。

她這麼說，但我仍舊不放心。我四處找尋有沒有相關聯絡人的電話，好不容易找到了，撥電話卻沒人回應。

我向附近的鄰居尋求協助，鄰居卻說：「不用管太多，他們很常這樣。」

但當下我沒辦法坐視不管，我也沒想到連鄰居都這麼冷漠。我開始在村子裡繞，看能不能遇上她的家人。

「喂，馬然，我剛剛一直打電話給你，你都沒接。你的岳母手受傷，躲在家裡，我找不到可以幫忙的人。」我終於找到她的女婿。

「真不好意思，我也正在找我老婆回去處理這件事，所以沒接到電話。謝謝你的幫忙，弟弟。」

隔了幾天，我遇到上次這位女婿。

「馬然，你岳母的狀況還好嗎？她那天跟我說是被老公打的呢。」

「唉呀～沒有啦，兩夫妻都已經這麼老了，怎麼可能還會動手傷對方。他們也是因為都有些失智症狀，加上情緒不穩定，才會造成誤會。」

不過聽到馬然這麼一說，我怎麼有一種被阿戈斯裝可憐矇騙的感覺。但當時看她畏縮在角落顫抖，等待著兒女前來，是真的讓人感到心疼。

後來，我因為肌肉痠痛到衛生所拿藥，卻看見坐在一旁的阿給的額頭滿是鮮血，兩旁還坐著女兒。她們輪流按著阿給的傷口，幫忙止血，但，這不是上次一起合照的阿給嗎？

「怎麼阿公又被打成這樣？」護理師問起一旁的兩個女兒。

「唉唷，媽媽真的生病了……不小心把爸爸打成這樣。」姊妹倆說。

我趁機問了阿戈斯的女兒，之前阿戈斯受傷的事，因我回想起傷口的撕裂痕跡，總覺得事情不單純，況且阿給的身體這麼虛弱，不太可能動手傷害阿戈斯。

「跟你說，阿戈斯是真的已經年紀大了。她時常懷疑先生將房門反鎖，是因為裡面藏有其他的女人，所以一氣之下想破門而入，才不小心將自己的手弄傷了。」嘎米婻說。

「弟弟，真的很謝謝你一直關心我們老人家，請你放心，我們已經商量好，要將父母安置在大家都能看得到的工作場域，這麼一來，我們也較能安心呀。」嘎米婻繼續說。

✉

其實，我始終相信這對老夫妻是非常相愛的，只是彼此在高齡老化的途中，暫時遺忘了自己。

而子女們不願意將父母送至台灣本島看診，是因相信這座蘭嶼島會隨著時間治癒老人身上的病痛，而有了孩子們的陪伴及熟悉的居住環境，我想這也是最好的治療方式。

查無此人

——那一扇被封起的窗

「呼，期待的輪休假終於到了啊。」

在離島工作，想要休假真的不太容易。除了必須跟同事商討、要有抵休人員進來之外，排休那幾天的天氣變化，也是影響休假的變數。

對我來說，如果飛機班次沒搭配到，我就會改搭客輪，所以我有兩種選擇。不過，我有些同事會暈船，他們堅持搭飛機，所以有時他們就會無法如預期的順利休假。

有些比較熟識的村民，我曾用私人手機通知他們有包裹，沒想到他們「偷偷」把我的號碼記下來，導致常在放假期間會有不認識的號碼來電詢問包裹。

有一次，我在放假期間接到一通電話。

「弟弟呀，有我的包裹嗎？」

「你是誰？」

「我是野銀某某某。」

「喔，哥哥我正在放假耶，過幾天才回蘭嶼。要不然等我回去，我再幫你處理。」

「等一下，你好像有一件魚槍在用的橡皮，是嗎？」我突然想起，連忙又說。

「對對對，那等你回來，我再去拿包裹。不好意思，麻煩你了。」

其實，只要是部落的村民打來問郵件，我幾乎都會想盡辦法處理，這樣才能安撫到他們慌張的心。

休假的尾聲，我也習慣提早一兩天回到蘭嶼，醞釀即將上班的心情。

✉

那天一早，我騎著熟悉的路上班，在正要通往野銀部落的中橫山路時，看見道路兩旁「擺起了木頭、纜繩」。

原本我是以六七十的時速行駛山路，不過今天這段十五分鐘的路程，卻顯得有點沉重，我讓車速慢了些。

每行駛過一個彎，一下是山、一下是海。我忍不住心想：是誰呢？

在蘭嶼文化中，若道路兩旁擺起木頭、纜繩或是其他可延伸的物品，就代表這個部落有「喪事」。

據說用這些物品排出來的道路，是避免喪家的晦氣傳到其他住戶，而這也是指引通往墳場的路。

參加送葬的只能是「部落的男士們」。他們穿著傳承下來的戰甲、藤盔，佩帶禮刀及長矛，沿路跟隨「背著」往生者的喪家長子，形成一條莊嚴且遠看就會讓人感到害怕、甚至屏息的隊伍。

有時，還可以看見往生者被布袋包覆起來的身形，或是隨著步伐前進所造成的「晃動的雙腳」。

每次只要一有喪禮，部落的氣氛一定是安靜的，彷彿能聽到大海的哭泣聲。

✉

某天前往野銀部落投遞時，我將郵務車停在遠處熄火。某一戶人家的門口坐滿了人。

原來走掉的是他。

這讓我起雞皮疙瘩，有沒有那麼湊巧？他不是上週才打電話給我，問說有沒有他的包裹嗎？怎麼就這樣走掉了？不是說好我要幫你處理包裹的嗎？

至少，讓我把郵件登入投妥，收下你期待的包裹吧。

真的很難想像，原本是平常都會見到面，加上又是期待收到包裹的收件人，就這樣永遠離開了。

以後再也不會有他的東西出現。

這種心情很難過，比那些因收件地址「查無此人」而退掉的包裹，更讓人難受。

他明明就住在這一戶，但他已不在，無論我怎麼叫、怎麼呼喊他的名字，他就是不會出來領取包裹。

只好將包裹轉交給他的家屬。

✉

同樣也讓我感到非常意外的，是一位失去兒子，與媳婦、孫子們同住在國民住宅的阿嬤。

這位阿嬤和另兩位阿嬤，她們的年齡相加起來超過兩百歲，時常一起聚在漁人部落的某條巷子路口。

她們三人坐在地板上，拿起老虎鉗或石頭，試著將手中的精神糧食——檳榔夾爛或敲打至纖維軟掉，再放進嘴裡，用不堅固的牙齒緩慢咀嚼。

我時常經過這裡送信，只要遇到她們幾位，我一定會用簡單的達悟族話問候她們。

阿嬤們總是很熱情地回應我，甚至還誤以為我是達悟族的孩子，對我說了一連串我聽不懂的達悟族語。

我急忙解釋：「我是排灣族啦。我聽不懂蘭嶼話。」

阿嬤們笑說：「早講嘛，我以為你是達悟。」

但我其實很開心她們把我誤認為是蘭嶼人，因為有種被認同的感覺。

或者那感覺更像是，阿嬤對著自己的孫子說話。

看著她們悠哉地坐在路口，喝著保力達、抽菸、敲打檳榔。老實說，這個畫面鮮少能夠在蘭嶼看見。因為這些會坐在路口的老人家，大多數年紀都約莫七八十歲以上，而隨著時間過去，老去的老去、離開的離開，加上現代的長輩習慣吹冷氣、滑手機，所以幾乎都待在水泥房內。

或許過不久，就再也看不到了。

長期這樣的平凡互動，讓我對她們有更多的情感投入。
我總希望她們能夠一直、一直的出現在這個路口。

✉

有次放假後回來上班，當我在漁人部落投遞信件，而手中的下一把信，就是會遇到這幾位老人家的路線，我內心充滿期待，也已準備好要跟她們問好。
但今天怎麼沒看見她們幾個聚在一起喝保力達，連地板上的檳榔汁也沒那麼鮮紅，而且住在國民住宅平房的阿嬤，家裡的窗戶竟然還用木條封住了。
之前，我經過這裡送信給她時，她有時會坐在床頭，看窗外的大海。
我就會走到她的窗戶旁，陪她聊上幾句。
如今窗戶封了起來，阿嬤再也沒辦法望著大海，而我也沒看見路口的另外兩位阿嬤。
我心想會不會是其他部落正好在辦活動，所以她們今天不在這裡，也或許是她們幾個約好一起去台灣本島看病也說不定。
我重新啟動車子，回頭再看一眼那扇被封起的窗，完全不敢多想。
我怕當下會哭。

隔幾天上班，我問在局內做清潔工作的姊姊：「你有看到那個誰的婆婆嗎？怎麼我上次送信都沒看到她，而且她的窗戶也封住了。」

「喔……你說某某阿嬤喔？她已經走掉了。」

「走掉了？怎麼走的？她不是身體還很健康嗎？我看她都在巷口陪朋友聊天、喝保力達耶。」

「沒有啦，之前她好像肺部就有點不舒服了，只是沒有表現得很明顯。」

突然間，有好多這三位阿嬤們齊聚的身影，浮現在我腦海中。

每當請她們簽收家裡的信件後，她們都會用達悟族話對我說：「你人很好耶，又會說我們的話。你待會兒騎車要小心、注意安全。」

我好想念這三位阿嬤聚在一起聊天的畫面，印象真的太深刻。

但現在，這條巷子瞬間孤獨了起來，地板也乾淨許多，不然都是阿嬤們的檳榔汁、不小心打翻的保力達，還有三個人的歡笑聲。

在過了好一段時間後，當我投遞信件，我試著走進其他兩位阿嬤的家。

當我看見她們一個躺在家中休息，另一個在打掃，心中的石頭放了下來。

我猜可能是另一個阿嬤不在了，她們怕兩個人聚在一起，反而更顯得悲傷。

隔沒多久，當我又看見兩位阿嬤出現在巷口，內心感到非常激動。我很開心地走向她們，跟她們寒暄。

我在心裡祝福她們倆平平安安，但也希望別忘記分給「已故的阿嬤」一些檳榔和保力達。

在我們排灣族文化裡，當想念已故的家人或朋友時，我們會放一些他生前喜愛的東西，在他常出現的地方或位置上，表示他仍與我們同在。

✉

回頭仔細想想，那扇被封住的窗，原本是一間房間，但，主人不在了，似乎就開始被當作倉庫使用。

我每次路過時，都會停下來多看個幾秒，而內心總是感到哀傷。

我想，趁著老人家們坐在路口聊天、吃檳榔、喝保力達的時候，多多與她們互動，也珍惜每一次的互動。

新冠肺炎疫情時，簡偉駿送口罩給老人家們。

東北季風

——倒著送信

清晨的空氣有點濕涼，水泥地板已不再是淡灰色，鐵皮屋簷下的水珠似乎在猶豫著要不要落下。

我抬頭看天空，再看看時間，這時候應該是烈陽出來的時候，但，此刻並沒有。陰沉的雲霧在低空盤旋，還吹起陣陣濕冷的風。啊！冬天真的來了。

其實冬季的到來，早在半個月前就能慢慢感受到。尤其是通往郵局的必經之路「中橫山路」，山路兩旁的芒草色彩漸漸由青綠轉成金黃色。芒草姿態如飽滿的稻穗，隨風吹起舞，像是姑娘們搖晃著雙手迎接我。

原本吹的夏季西南風也轉為強勁的東北風。從地理環境上觀察，完全能感受到蘭嶼這座島的四季分明，它是一座活著的、正在呼吸的島嶼。

✉

在上班前，我會觀察大海的顏色，並感受風的力道及方向，然後在腦海建構出今天的騎車路線要怎麼跑，並搭配郵局裡所有的信件數量，衡量出今天能不能準時中午回到郵局吃便當，其次是能不能在下午五點半前完成所有工作內容，準時下班。

氣候強烈的改變，對於每天都在做投遞工作的郵差來說，我們也需要做點變化。

經過幾次的實戰經驗之後，證明了我的方法，確實能降低在東北風橫行肆虐的季節裡，我們投遞信件時摔車的機率。

我的方法是，把原本以前師傅們教的投遞路線改為「倒著送」。

師傅們一開始聽到我「倒著送」，也確實嚇一跳。沒有錯！就真的是倒著送。但不是摩托車倒著騎，不然真的很危險。

原本的路線是由紅頭出發，一路往西邊部落開始順時鐘繞蘭嶼島。沿路經過漁人、椰油、朗島、東清、野銀這些部落，最後再經過中橫山路，回到郵局。不過，在冬天東北

蘭嶼鬼神祭（類似台灣本島的普渡）。

蘭嶼因為沒有墓碑文化，也沒有所謂的清明節，因此每一年都會有一次的鬼神祭，邀請逝去的家人回來家裡吃飯。

季風的好發期，我們必須逆時鐘送信，否則在某一些路段很容易被強風吹倒。

在東北季風狂妄的季節裡，椰油往朗島這個路段是「最危險」的路線。

我身旁的幾位同事，都很怕這個季節出去送信，有時候都得等風小一點才敢出班。

其中有一位學長，有一次因為失算這段路程的風速及風向，他在騎車過彎時，連車帶人被風擊倒落地，信件瞬間像大雪般亂飛。

幸好，他沒受傷。他起身，慢慢將散落一地的信件撿起來。

運氣好的話，有時路過的村民都會停下車來幫忙扶，好讓我們不再被風吹倒；運氣不好的話……就當然得靠自己了。

有幾次，我也是錯估椰油往朗島這個路段的風速。

那時我在騎車，一直被風推向靠近海邊一方的紅色圍欄。不誇張，就連機車的一檔最大扭力都寸步難行。

還好我沒摔倒，只有車子上的裝備被風吹走。

原本想掉頭回去撿，但一聽到那股凌厲的風聲，我嚇得不敢再回頭。

過了幾分鐘，我騎車進入朗島部落。原本習慣停在朗島教會前，將第一把信準備好，也拿出簽收板，可是剛剛被東北季風肆虐過，於是我先重新整理思緒及儀容，才可以帥帥的送信。

✉

每到冬天，朗島的村民都會特別的關心我。

他們最清楚那一段路的凶險，卻都還會好奇問我：「『那邊』到底能不能過？」

如果我說：「無法過。」可是卻出現在他們面前也很奇怪，我只好說：「為了你們的電話帳單，我願意乘風破浪過來。」村民們聽到這番話，紛紛都說：「不要逞強啦，就放假就好了啊。」

我心想：「如果我不上班，你們又要打電話吵著要電話帳單跟包裹了。」

不過，朗島的村民多數是從朗島往椰油方向，所以風向對他們來說並沒有太大的影響，也因此我在這期間，才會以逆時鐘的方向環島送信。

不過，朗島的村民都比我勇猛，他們都直接油門催到底直直衝過。岳母也常叮嚀我：「那段路，要騎快一點，才可以壓得過風！」

但我其實很納悶，這到底是不是真的。然而，我的性格是實驗派這一種，既然岳母都說了，我就試試看所謂的「才可以壓得過風」。

跟你講，還好我平常有在做點好事，會幫忙老人家倒酒、扶酒醉的老人回家睡覺，不然，我可能會在那段路上，被村民紀念為烈士。

✉

蘭嶼本身就是一座很美的島嶼。在椰油往朗島方向的路上會經過一個洞口，洞口附近容易出現落石，許多觀光客卻喜歡聚在這裡拍照打卡當網美。

不知道這些人在做什麼的村民還以為是有市集，加上此處的羊群，一隻比一隻還要享受站在高處，任由路過的遊客停下腳步，為

牠們拍下一張張照片。

美麗的事物總會耽擱遊客，造成原本不應該停留的地方，卻留下這群被吸引的人。殊不知這些地方在村民眼裡都是「危險區域」，我們只好祈求，外加勸導他們得注意安全，這種地方不適合待太久，但還是講不聽。

✉

每年十月至冬季結束，這幾個月的郵件最不穩定。

通常在離島的郵局都依賴船運及航空公司運輸郵件，因此只要當風速超限時，唯一的航空運輸就會因此停航，導致必須優先處理的郵件會延遲幾天才送達。

船運通常是運輸包裹，但船運也會受到浪況不佳，導致無法開船，使店家做生意叫的原物料、三大節日要送的禮品等等，都無法在正常時間送達，甚至更久。

有一次印象深刻的是有位姊姊，因為她的家人在中秋節時寄一些水果與用品給她，但船班因天候因素一直延期開船，直到要放假前幾日才進來蘭嶼。每逢節日時的包裹又特別多，往往必須花上好幾天才能消化。

後來，等到通知她來郵局領取包裹時，早已過完中秋節，她失望又生氣，當場就在我們郵局裡哭了。

其實，那天我也感到很自責。明明對方是我熟悉的村民，我卻沒提早通知她自行來領取。

因為無法忘懷這次的經驗，之後只要碰上連續假期，在假期之前，我一定都把留在郵局內的包裹，通通送完為止。

我們也很常因為船班、航班不正常，而與村民之間產生誤會。之前最常遇到的是帳單過期了，這讓村民非常不滿，村民甚至還一度認為郵局為什麼要這麼對待離島居民。

我試著委婉解釋。首先，讓村民曉得，我們蘭嶼郵局並沒有專屬自己的飛機與貨船，所以我們跟村民一樣，都必須等待飛機和貨船行駛。

其次，我說明為什麼帳單會過期，害村民還要跑到農會補繳三十塊的手續費，或是需要請台灣本島的家人幫忙代繳，那是因為當沒有飛機進來蘭嶼時，意味著我們的郵件也沒進來，當然就不會有信件呀。

有時候，我已經很努力跟村民解釋，但等到下次發生時，村民可能忘記，然後又會生

綠島之星

氣，所以我只好不斷重複再重複的解釋。

當然，也有比較古意的村民會說：「沒關係啦！只要有收到郵件跟包裹就好，畢竟是離島，已經不方便了，也不要再為難我們的郵差。」

聽到村民這麼說，我心裡感到非常溫暖。

明明老人家是最期待收到台灣本島兒女寄的包裹，但卻對我們郵差說：「沒關係，時間不急，等有船班進來，再給我們就好。」

這樣，我當然更要使命必達了。

✉

每年在東北風季節超級囂張的那一段日子，我很容易把自己搞得身心俱疲。如此疲累，下班後我只想回家，好好洗個熱水澡。

然而，我家用的是即熱式熱水器，礙於吃電量的關係無法開到最熱，因為會跳電。熱水一打開，卻是沒辦法暖活身子的溫水。

心想：「X，冬天真的到了。」

最後的旅程

——騎20年被棄置的老舊打檔車送信

「喂，簡偉駿，我是勞安科黃大哥。這次我打算報廢你正在騎的那台野狼（送信的檔車），換一台比較新的車給你。」電話一頭這麼說。

「報廢？我這台車騎得好好的，幹麼要報廢呢？」

「但車齡年限已到，加上車子的零件耗損率較高，騎起來也怕不安全。」

「原來……那我知道了。」

我靜靜地走向局內後方的停車場，默默地看著她——那台野狼，也回憶起與她的初次見面。

✉

「這台車還可以騎嗎？」我問起準備帶領我見習的老師傅們。

「你說這台車喔？這是我們蘭嶼郵局的備用車。因為不太好發動，又容易熄火，所以沒有人想要騎。」郵差老師傅說。

當初匆匆忙忙來到郵局報到、見習，看見這台老舊的郵差車被放置在一旁，身上蓋著破舊的郵袋、儀表板上的灰塵覆蓋了好幾層、椅墊上的皮革早已破裂，內裡的海綿也早已探頭外露，遠看，還以為長了香菇。

「這麼看來，似乎好久好久沒有人接觸過妳了。究竟車子出了什麼問題，讓妳閒置到像個報廢車沒兩樣。」我在心裡悄悄對她說。

當下班，離開郵局，門關上的那一刻，我用餘光偷看了她一眼，總覺得有股無法抵抗的魅力吸引著我。

「呼！我都快把鞋底踩破了，車子還是無法發動。」我喘吁吁地跟同事說。

「那台車已經很久沒發動嘍。原本想要提前報廢，但也沒辦法，因為車齡的年限還未到。你就別再動它了，騎另外兩台車就好了啊。」老師傅說。

蘭嶼郵差

同事看我一心想發動她，卻無法幫上任何一點忙，不過我也知道同事其實是期望能夠趕快報廢這台老車，換一台新車進來。

局內確實還有其他的機車可以騎，但誰也不敢保證車子永遠都不會壞掉。

如果這台名為「備車」的老車能夠重新被騎乘在海岸邊，不是更好嗎？

「喂～黃大哥，可以幫我寄一顆電瓶和其他的車用零件過來嗎？我打算慢慢修好這台備用車。」我打電話到台東郵局的勞安科申請材料。

此刻，我慶幸自己是車輛工程系畢業，多少能夠判斷車子需更換的零組件。

在幾次嘗試性的拆裝經驗下，其實有些零件可以自行更換，根本無須送去車行檢修。況且蘭嶼島上的修車行也沒幾間，而修車行內待修的機車總是不計其數。

此外，需要更換的零件也並非隨時都有現貨。缺料時，還必須從台灣本島下訂，寄來離島。光是待修、等材料就得花上數日的工作天，那還不如自己動手。

自己動手更換零件，好處是可以替郵局省下許多維修費用，其次是能夠更熟識自己工作上的好夥伴（指郵差車），所以我盡可能趁郵件量較少時，整理局內的車輛。

有了時間和材料後，我陸續開始更換零件。

在數十分鐘的踩發和調整油氣混合比……車子終於發動了。

顫抖的車體與虛弱的引擎聲，像是老人戴著呼吸器一樣，彷彿隨時會因為缺氧而倒下。

「不過，我對妳有信心。妳只不過是太久沒出去執勤而已，這使妳活得像病人一樣。」我再一次在心裡對她說。

引擎轉速在油門線下的拉扯，暢通了整個油路系統與呼吸道（指車子的進氣系統）。車聲響亮整個郵局，郵局彷彿出現了一隻猛獸在嘶吼。

「水啦！備用車終於發動了。」我喜悅地和同事們分享。

「這太好了。車子就是要發動，才不容易壞掉。」郵局經理說。

我依稀記得成功發動車子後，立即騎向蘭嶼西部沿海試車，讓她重新感受海風的吹拂、烈陽的曝曬。

「過去妳是如何被對待，我不曉得。但從今開始，我並不會像老前輩一樣將妳騎去樓梯上，也不會讓妳在外受盡風吹雨打，更不會讓海鹽侵蝕妳身上原有的傷口。

「妳的故事就由我來寫，由我來創造。」我在心裡持續對她說……

✉

「偉駿，你那台車還可以騎嗎？」另一位資深的郵差同事吳哥問我。

「你還是別騎我這一台比較好，因為熄火時都要用腳踩發才能啟動。」我擔心吳哥年紀稍長，早已沒那體力面對這台很有個性的她。

「說的也是。不過，這輛早期的郵差車確實真的比較好，比起這幾年新推出的車款好太多了。」

吳哥以多年騎車送信的經驗，給予這台老車非常高的評價。

我也不得不說這台老郵差車，真的是有夠讚！

整體車身的重心偏低，偶爾碰上強烈東北季風來襲，還能夠穩妥地貼服著地面；柔軟的騎乘坐墊，搭配後方兩支獨立的懸吊系統，使我能夠減緩長時間送信所帶來的腰痠背痛；車上所配備的零件也都用機械式而非電子式，因此能夠克服海島惡劣的工作環境，且不容易損壞，維修也較為容易。

然而，我騎的這台老車是目前台東區僅存的少數幾輛，因為位在都市區的郵差們，都改騎電動車或者是新型野狼（大部分的零件都改成電子式為主）。

「真羨慕你還能夠遇得到這種老車款！」台東的郵務稽查這麼說。

看來妳在中華郵政的貢獻程度，備受同仁肯定呀。

Jipinanginoman
仙女唱歌的地方

✉

「不好意思，打擾一下，請問你們有打氣筒嗎？」

送信途中，我感覺到車子的後方輪胎時不時在側滑，低頭一看，唉，果然跟我猜想的一模一樣，車輪被異物刺破了。

車上的信籃裡還裝滿著今日得送完的信件，卻碰上這種意外，真讓人感到心煩。

但就算再怎麼嘆氣也沒用，還是趁輪胎的氣還沒全消前找人幫忙。正好消防隊離我不遠，那裡應該有打氣機可以借用吧？

「唉呀，正好我們的空壓機壞掉，沒辦法幫你灌氣耶。」消防同仁說。

「沒關係，那不打擾了，我趕緊前往其他地方，看有沒有打氣機。」我說。

輪胎內的氣，隨著車子的移動重壓，愈來愈扁、愈來愈扁……就如同我當下的心情寫照。

「小威，你們家有打氣筒嗎？」我問起椰油村一家民宿的老闆。

這家民宿是村落最後一間房子，也是唯一的希望。

「有啊，可是是在下方的貨櫃屋，你要用的話就直接去拿。」小威說。

等我拿到打氣筒後，一陣手忙腳亂。

「怎麼辦？灌滿氣後，輪胎還是持續在漏啊。」小威哀號。

「一定是內胎被刺破了，我要趕快到加油站附近的車行補胎。謝謝你的幫忙，我先過去。」我跟小威道謝。

「拜託妳再撐著點，我一定會把妳修好。」

雖然我這麼安慰這台老車，但其實內胎早在半路途中就已完全消氣。

我冒著輪框變形的風險，將自己的身體盡可能往車的前方挪一些，讓重心放在前輪，希望避免後輪框真的變形。

「吳老闆，可以請你幫我補一下內胎嗎？」最後有驚無險地來到車行，我心急地大聲呼叫老闆。

「你這種內胎車已經很少見了耶，況且不曉得我們的師傅有沒有修過。」老闆語帶保留。

「不過如果修完又漏氣，你別怪我喔。」修車師傅說。

「講這樣～我很相信你的技術，絕對沒問題的！」我幫修車師傅打氣。

補完內胎，繼續上路。

但當我以為可以順利回到郵局，結束這天工作時，卻總覺得車子的後方不太對勁。

靠，還真他媽的給我漏氣啊……

「你這台老車真的不太好修理呢，這裡要拆，那邊也要拆的，車身又重。光是要幫你補個胎，我早就可以換好十台速克達的輪胎了。」榮芳車行的老闆對我說。

「加上現在已經很少人騎這種車款，都是騎速克達比較多。我也不曉得我這邊還有沒有補胎的材料。」老闆雖然叨唸，但還是幫我去倉庫翻看看還有沒有材料。

「少年ㄟ，你看我這專門補內胎的強力膠都已經硬化，不能用了。」老闆苦笑對我說。

「你再看看我這個內胎以前叫的數十條，到現在還剩下這麼多。

「你乾脆把車留在這裡吧。我再想想辦法。」老闆最後這麼說。

✉

是否這種不受討喜的產品，最終還是會被市場淘汰？

就像郵差師傅們一樣，寧可選擇容易發動的新型野狼出去送信，也不想要在原地踩半天才可發動的老車。

眾人都不愛妳，妳卻又被丟在車行戶外待修，實在好不忍心。

每當只要路過車行，我都會放慢車速，多瞧妳一眼。

「真對不起……妳再忍耐個幾天。等修車師傅把妳修好，我馬上帶妳回去。」

✉

「咦？偉駿，你不是很早就出門投遞了嗎？怎麼還在郵局？」櫃檯同仁問我。

「想出去，但出不去呀！這台老車子又發不動了，而且我都還沒開始送信就已滿頭大汗（因為踩發的關係）。」我說。

她就是這麼有個性。

每次一到下雨天或是等我收假完回來工作崗位時，就經常上演無法順利發動的狀況，至今我也還沒摸透到底是發生什麼事。

還是，妳本身是個陽光女孩，只愛太陽，不愛雨天呢？又或者，討厭我離開妳太久，進而鬧脾氣給我看？

妳肯定也是個古靈精怪的女孩。

曾經有一次，在遊客眾多的地方，莫名的，車子又熄火了。我停車，但我整個人急透了，工作一大堆，還給我搞這齣加碼戲。我甚至不明瞭，就連每次熱車後隨便一踩都可以發動的妳，這次卻怎麼都起不了作用。

「郵差有需要幫忙嗎？」

「你車子的火星塞要換了啦！」

「一定是車子沒有油了……」

我在原地不斷踩發，踩到四周圍的遊客、村民都陸續向前關心我，還投射許多「關懷、可憐」的眼神在我們身上。

真想對大家大喊：「給我收起你們的眼神及言語，她只是在鬧脾氣給我看而已。」

於是，我在大熱天下，穿著厚重的綠衣服，面目猙獰的默默踩，踩到不知臉上是汗水，還是淚水，我都分不清了。

我們不是好好的嗎？

妳趕快給我發動呀。

「為何妳還要逞強呢？」

我曾經說過，只要一有時間，我就會在郵局裡整理所有的車子。

有一天，我已經規劃好要徹底保養這台老車，希望她能夠健康的與我相伴在蘭嶼。

當我從熟悉的零件部位開始拆裝、清洗時，發現平常在熱車必定會使用的阻風門拉紐線竟然早已斷了。何時失去作用，我並不清楚。我只知道過去在熱車時，我都會拉著它。

另外，當我拆開空氣濾網外蓋，內部的使用狀況，也讓我無法言語。原本應該過濾空氣的方形海綿層已所剩無幾，並且大量的被吸入化油器中，直到引擎本體內部燃燒。

放下工具，我問自己：「還需要繼續拆嗎？她已經有多處的油封部位開始滲油，能避免鏽蝕的地方，也陸續開始出現傷口，根本像是進入癌症末期的病患。」

如果妳會說話的話，妳會想說什麼呢？還是，妳先前的鬧脾氣與被閒置在一旁，已經是在提醒我一些什麼？

✉

「邱大哥，聽說你在關山騎的那台老野狼要配來蘭嶼給我唷？」我打給遠在台東關山服務的郵差同仁。

「對呀，我也是很突然的收到消息，說要替我換新車，但真的會很捨不得放手耶！何況我保養得這麼好，每個月還會按時用廢機油擦拭車體，既防鏽又環保，根本不需要另外噴黃油等等之類的防鏽用品。我也敢說這一輛老車是全台東最漂亮的車子。

「原本我還擔心下一位接手的人會不會疼惜這台車。不過若是你接手的話，我也就放心了。」

「其實，我也是很捨不得我現在騎的這台老車。起初都沒人騎，被擱在一旁。直到遇見我，才好不容易有機會重新回到投遞職涯，但車況真的不行了，上層主管說必須立即報廢她。」我在電話裡對邱大哥說。

在送走她的前一晚，我逐一拆下起初為她裝飾的用品。有可以裝載四個部落信件的郵袋及鐵籃子，以及能為我倆遮風擋雨的透明塑膠墊。我也不會忘記妳曾在寒冬為我發出的暖氣，使我能夠在送信途中，感受到妳的貼心；還有車體身上的結痂，有幾處是我的魯莽行為所導致（車子未停放好而倒車，傷了剛換好的鏡子和煞車拉桿），彷彿也在時時刻刻點醒我，做事得細心一點。明日就真的要與妳說再見了，我摯愛的老車800-DEY（車牌號碼）。

✉

「簡偉駿，那輛車牌ABC-1283的廂型車配給你們蘭嶼郵局使用，就開到不能開為止吧。」勞安科黃大哥說。

「聽說台東要配『新的車子』給我們耶。」我和同事說了這件開心的事。

「唉唷，跟你說會配來蘭嶼離島的汽機車，幾乎是其他別局準備汰換掉的啦。

「你看近期配來的 ABC-1287 這台，當初全新車是我接手開的。現在呢？我人調來蘭嶼五年了，又遇見它，肯定也是在等時間變報廢車。」同事回想這台車，早期跟它相處過，卻沒想到又會在離島遇見它。

「不過，我也不管它是新車、舊車，反正只要我有車可以開出去投遞就行。」同事很有個性的下了結論。

早期郵局裡只有一台廂型車與兩台機車，所以我們在工作上彼此都得提前說好今日要送包裹還是信件，因為車子必須輪替使用；直到後期，不斷向責任局爭取車輛來提升工作效率，局內現有的車子數量才變成今日的一台大貨車、兩台廂型車及三台機車。

當我非常滿意局內的交通工具數量時，卻同時也清楚知道目前所接手管理的車輛，不久都得淪為報廢的下場。

✉

不過，所有的車子們，你們也別擔心。我會在這趟最後的旅程，給予每一輛車子從未擁有過的呵護，且是帶走與我相關的美好回憶離開蘭嶼。

Part2

排灣族的蘭嶼女婿郵差

沒有妳的出現，蘭嶼就沒浪漫的愛情故事

「阿兵哥沒有太太，早上起來吃饅頭。」一大清早，邊收拾著行囊，邊唱著歌……

「想念我的時候，就寫封信給我。」

「還有，新訓期間沒辦法像現在隨時可聯繫，我會趁部隊放風空檔時奔向電話亭，撥通電話給妳。」

「希望無論再忙，也得讓我聽見一秒妳的聲音再掛斷。」

「我不在的這段日子，要懂得照顧自己，學習做個獨立的女孩。我會很想念妳的。」

我對女友說。

✉

當要踏入會使情感斷訊的場域——海軍新訓中心，我就已開始懷念哨口門外的自由空氣，且感到非常懊悔……

後悔只為了打工賺錢，沒陪她去跟朋友約好的遊樂園。

後悔沒有坦白告訴她，其實我也很依賴她、需要她。

後悔以為愛情像網路吃到飽，不自覺地從中流逝。

男人到底要服什麼兵役呀？我不想我們被拆散啊。

才剛到新訓中心的第一晚，就翻開大兵日記的最後一頁（年度行事曆），開始細數還有幾天的饅頭要吃，再扣除大學國防課程學分可折抵的天數。

三百六十五減二十二，總計還有三百四十三天，怎麼還這麼久？

某次的睡前晚點名，中隊齊聚在黑漆漆的籃球場，籃球場只打著兩盞照射燈。

「今晚班長要發放該中隊等候已久的信件，待會兒唸到名字的同仁，迅速至部隊前方領取。」班長說。

同仁們開始在隊伍中竊竊私語。

「唉呀，又沒有女朋友，誰會寫信給我啦。」

「我家人說要寄吃的給我耶！」

但我滿心期待待會兒一定會有我的信。妳不會讓我失望的。

終於在羨慕前幾位同仁都收到女友的來信之後……「二中隊二兵簡偉駿。」班長喊。

「有！」我喊。

「來部隊前方領取你的信。」班長說。

「哇～羨慕你呢！還有女朋友會寫情書給你。」同樣的祝福，輪到同仁對我說。

「什麼還有，本來就有！開什麼玩笑。」我說。

「二中隊二兵簡偉駿。」班長又喊了一次。

「哇！（這一次更大聲）也太好了吧，女朋友還一次寫那麼多情書給你。」同梯的同仁又說。

「喂！有沒有兄弟要跟我換女朋友呀？她都沒寫信給我呢。」突然一位高個子的同仁站起來大聲說。

我來來回回隊伍間拿信，差不多有三四趟。許多的害羞寫在我臉上，但有更多的激動是藏在心裡。

就寢前，處在四周都是臭男生味的通鋪房裡。我靜靜地拆開每一封妳寫來的信，默默讀著熟悉的筆觸。

我開始回信給妳，寫的是無奇的生活作息、數著饅頭的孤寂，以及一張百元電話卡都不夠說的情話。

晚間熄燈後，我冒著被班長罵的風險，縮在被窩裡，透過窗外照進的微光，將枕頭底下原先預藏好的信攤開來，回味一遍。

這感覺就像在睡前，我習慣在妳額頭上親吻才肯入睡。

「親愛的，剛剛班長在發信時，妳讓我感到好驕傲。」

只想回到妳身邊服役呀！

✉

「偉駿，你不是會煮咖啡嗎？怎麼還一直來買小七的咖啡，自己煮來喝就好啦？」店員問我。

「不是我要喝的，是我太太。」我說。

「那你就煮給她喝啊！」店員又說。

「唉，我也想啊，但她說她沒那口福喝我的高級咖啡。」我解釋。

其實不是沒口福，應該說……是我毀掉她對黑咖啡的第一印象。

✉

在某天風和日麗的下午，我剛從社區大學的咖啡班回到家，為了現學現賣咖啡沖煮技巧，我對妻子說：「我想為妳煮一杯很好喝的精品黑咖啡，是一支帶有烘烤堅果與辛香料風味調性的豆子，烘焙度偏向中深焙，有豐富的層次感，且在入口後的餘韻能感受到焦糖般的甜感。」

還為了表現整體的專業度，我選擇沖煮氣勢較強的虹吸式咖啡，搭配當時正有名的蘇門答臘亞齊曼特寧咖啡豆。如此完美的沖煮體驗肯定會征服另一半的味蕾，到時候又能夠讓她對我另眼相看（內心竊笑著）。

「小心燙口，這杯是專屬為妳沖煮的精品黑咖啡，而妳也是我的第一位客人，請慢慢享受。」我說。

「哇，咖啡的味道還真香，一定很好喝。」妳說。

等待咖啡降至合適的品嚐溫度，妻子緩緩拿起杯子就口引入。（真期待她誇讚這杯咖啡的美味。）

「嗯……呃……」妻子面有難色的將杯子放回桌上。

「怎麼了？不好喝嗎？」我問。

妻子緊閉雙眼，皺起眉頭。

「為什麼跟你說的不一樣啦！喝起來那麼苦澀，而且完全是烤焦的味道。哪裡有焦糖般的甜感？愛騙人，一點都不好喝。」妳說。

奇怪了！我明明就照著今天老師上課所教的方式一字不漏的說出，製成步驟也相同，為何還會這樣呢？

「這款綠茶很甜，不要買這瓶。」妻子看著超商冰箱的櫥窗，正挑選著喜愛的飲料時，我對她說。

「什麼很甜？瓶身上面寫著無糖，怎可能還很甜？」妻子說。

「真的！上次我喝過，味蕾很明顯感受得到甜感呀。」我說。

「又在騙人，學那一點皮毛的咖啡知識就說無糖綠茶很甜？

「前幾天，你親手煮給我的第一杯黑咖啡，難喝死了！焦苦味這麼重，還一直辯解是黑苦巧克力感。」妻子繼續說。

我引以為傲的咖啡專業，又再次被妻子否定，我不禁開始質疑社區大學老師所教的課程內容……還說要用美麗的詞彙來感動消費者，一定是老師教的東西不切實際。

然而，為了讓妻子重新愛上我煮的咖啡，從每一次的咖啡店造訪與日常沖煮，我開始不斷地收集她所喜愛的味道。

例如有幾次當我在沖煮日曬處理法的咖啡豆時，她都會說：「這是什麼咖啡？味道還真難聞！」又或是有一次到屏東某間精品咖啡館，老闆只是隨機招待一小杯咖啡而已，但卻擄獲妻子的芳心。「對對對，跟你說，我就是喜歡這種味道，你嚐嚐看。淡淡的咖啡口感、整體喝起來的味道都很平衡。」妻子對我說。

一點一滴的風味拼湊，不管是半年，甚至是一年都好，我期待有天妻子開口對我說：「我也想要喝一杯你煮的咖啡。」

但我的咖啡給她的第一印象實在不太美好，所以我將這份期待放在心裡，等它悄悄到來。

直到有一晚，當我正享受喝著咖啡，妻子突然提起：「老公，我也要喝一杯黑咖啡，你煮給我，好嗎？要像之前在屏東的咖啡館喝到的一樣。」

「妳說，妳也想要喝黑咖啡嗎？」我又問了妻子一次。

你們知道當下我多麼亢奮嗎？我想將最好喝的豆子、最貼心的服務流程，全部都獻給她。只希望她能夠分一點愛到我的咖啡。

「嗯，我要淡淡的喔。」妻子說。

「親愛的，這次煮的咖啡絕對和第一次喝到的不太一樣，妳品嚐看看。」我謹慎地將咖啡遞給妻子，並收起以往華麗的言詞，只用這杯咖啡替我表達。

妻子先是聞了又聞，確定沒怪味道後，她才肯品嚐一小口。

「好喝！好喝耶！是適合我的口味。你怎麼煮的呢？」妻子興奮地問。

看見妻子露出滿意的笑容，我內心有股聲音：「等待這麼久，就是為了得到妳的笑容呀！」

「我曉得妳喜愛淡淡的咖啡口感，所以將咖啡粉、水的比例提高至一比十八，但這樣容易造成過度萃取風險，因此又採用前中段濃縮萃取，這麼一來，會得到強烈的水果風味與明亮的酸質及甜感。最後，再倒入熱水，稀釋咖啡原液，完成這杯專屬於妳的咖啡。」我非常有自信地說。

「也太厲害了吧！這是什麼樣的豆子呢？我想要知道它的名字。這樣以後去咖啡館的時候可以點來喝。」妻子興奮地說。

「這支是來自衣索比亞的水洗耶加雪夫，有豐富的柑橘水果調性，整體風味表現算和諧，喝起來就像水果汁一樣，很適合妳。」我說。

截至目前，妻子向我點咖啡的次數雖不多，但在這當中，能夠為她拼湊「記憶裡的味道」，是我愛她的一種表現。

濃郁點也好，苦澀點也好，這都是曾經觸動心弦的味道。

✉

「台灣本島不要的郵差都派到蘭嶼離島嗎？我的帳單都逾期超過一個禮拜才收到，現在想去繳卻不能繳。郵差領著公務員的薪水，卻不認真工作，真的很差勁。可以派認真一點的郵差過來嗎？」

臉書上正轉傳族人抱怨蘭嶼的郵件都很慢才收到，引來大量的吃瓜群眾，進而批判郵差的所作所為。即便事實並非內容所詳述，卻已經損害中華郵政在蘭嶼的形象。

「文章開頭的第一句話，聽起來還是很扎心（指「台灣本島不要的郵差都派到蘭嶼離島……」這段話）。因為我先生是郵差，所以我才能體會這職業的辛苦。他每日早起前往郵局工作，到了晚上夜市十一點收攤時都還沒回家。只因為他希望把全島的信件與包裹整理完畢，明日可節省排信件的時間，早點出班投遞。而且，現在的郵差早就不是公務人員身分，並沒有像網路文章所說的坐著爽爽領錢……

「我先生當時是台東考區的榜首，為了陪我待在小島生活，選擇所有郵差都不願意來的蘭嶼服務，所以他並不是大家認為的『本島不要的郵差』；他是個工作狂，認真又負責，每位和他共事過的經理都知道他的積極。但也為了這一點，很後悔讓他選擇離島，害他每天累得不成人形。」

妻子看著文章發酵、議論，她在臉書上寫了希望蘭嶼族人能夠體諒郵差的文章。（註1）

坦白說，在進入郵局的前半年，確實是一個過渡期。

我以為會有一個充滿教學熱忱的學長，陪伴我度過見習的這幾天。

我以為每到中午都能夠吃完便當，睡個午覺，養足精神，下午繼續幹活。

我以為五點半一到就能夠準時打卡下班，回到家裡，與家人一起享用晚餐。

很多看似一切美好的以為，在現實狀況下，全都變成別以為。

尤其是當帶領見習的郵差師傅們，在沒有制式的職前訓練下，有時是較無效率的學習。

加上每個郵差都有個別的投遞習慣，因此我也不清楚哪一套才是適合蘭嶼離島的工作方式，偶爾還得承受前輩這麼說：「動作快點，不要耽誤到我下班。」「我都教過你了，怎麼都還不會呢？」「蘭嶼這邊你沒待個一年，送信是不會熟的啦！」

「沒有關係！你們這幾個儘管看不起人、數落別人，我一定會讓你們等著好看。」我的內心這麼想。

不過，在我還未完全熟悉工作內容，而將工作能力發揮到最強大、達到最佳狀態前，我確實沒辦法在工作產能上貢獻更多，同時也面臨網路電商興起，蘭嶼島上族人短時間網購消費能力大增，又碰上旅遊旺季，大量的包裹與信件擠在一間小小的郵局，那時的自己真的像是一隻強行灌食的鵝一樣。

就算我每天照常出門投遞郵件，但眼前堆得如高山般的包裹，看起來仍然沒有減少。

「偉駿，都已經晚上七八點了。你早點回去休息，剩餘的工作，明天再做吧。」

郵局經理下樓裝水時，正巧撞見我還未返家，對我說。

「好，我再待一下下，待會兒就回去了。」我說。

結果這一待，又是好幾個小時。

有一次最晚回到家的時間是半夜十一二點。

「為何你要這麼拚命呀？」妻子問我。

「就算工作再多，你也不可以一直這樣加班到晚上。對蘭嶼人來說，這是件不好的事情；因為意味著難道你沒有明天的時間了嗎？為何要現在趕著做完這一切呢？」岳母也反對。

「因為我想早點適應新環境與工作流程，所以只能趁同事下班後，一個人在電腦上練習操作。況且我排信的速度還不順手，所以也會拿起早已翻到破爛的各村地圖，一次次模擬。」我說明在郵局會待到這麼晚的原因。

這樣早出晚歸的加班狀態持續將近半年。回想起來，還真慶幸有經歷這一段的磨練，促成我現在的工作效率，就算是郵件量爆多、行政業務繁忙，我都有足夠的時間與管理能力去消化，且仍能午休。（註2）

✉

「你到底有沒有認真投遞呀？這麼快就回來郵局了？」

「還是你最厲害，所有的郵件都已經送完。」

「蘭嶼郵局怎麼好死不死來一位這麼精實的郵差。（原因是我手腳很快，讓同事備感壓力。）」

以上，都是郵差師傅們對我的印象。

「今天的投遞報表，我放在桌上。我先回家嘍。」

原來這就是比同事早點下班的感覺啊，會有點不好意思耶！

最後，還是得感謝妻子為我站在親密的視角，訴說蘭嶼郵差辛苦的一面，讓大家了解。不過在這場族人抱怨蘭嶼的郵件都很慢才收到的風波隔天，我出門投遞時，就遇上好幾位族人送冷飲給我，幫我加油打氣。

讓我想說：「老婆，職場的苦日子，我已經撐過了，謝謝妳。」

✉

當蘭嶼離島的郵差，無論再怎麼累和辛苦，只要能夠與妻子朝夕相處，甚至一起上下班，那就是我最奢望的小島生活。

我也不會忘記，之前與妻子攜手相伴，我們一起走在村落巷弄，尋找門牌時的甜蜜感。那時妻子挨家挨戶的帶著我，一一向族人介紹：「馬然共（叔叔好）、嘎米婻共（阿姨好），這位是新來的郵差，也是我的先生，請你們多多關照。」

「我從來沒想過自己會這麼深入造訪其他部落，除了尋找門牌之外，還幫你向不熟識的族人介紹即將進島服務的新郵差。」妻子當時這麼說。

我也從未想過，會為了愛情，與妳回到蘭嶼。

註1：當時發生這件事，我是放假的狀態，所以我不在蘭嶼，可是當妻子看見「本島不要的郵差都派到蘭嶼嗎？」這樣以偏概全的批判方式時，她非常難過，所以她也才寫一篇文章，讓村民了解真實狀況。

註2：當我工作狀態達到最佳時，也開始能有時間午休，同事非常驚訝：「這麼忙碌，還敢休息?!」然而，過去前輩們沒辦法享受到午休的原因是沒有訂定短期工作計畫，因此也才會覺得蘭嶼郵差怎麼這麼難做。

大伯的小船

——用手撈網抓飛魚

「你剛下班喔？」大伯問我。

這天，我正要回家，行經十字路口時被大伯攔了下來。

「對啊，今天比較早回來。」我說。

「你要不要跟我和椰油村的馬然一起去？」大伯又問。

「去哪裡？」我回應。

「去玩一玩呀！」大伯小心翼翼地說。

當我聽見大伯用著「蘭嶼式的溝通術語」，我就知道他將前往的目的地一定是「關於海」。

會有這樣的說話方式，聽族人說是：我們身邊都存在著我們看不見的東西，祂會在這當中作怪，讓你遇上各種困難阻擾，所以就無須再追問他人，彼此把這件事情放在心裡就好。

「如果你要去的話，就趕快先回家吃個飯、準備東西，我們約在椰油村的港口見面。」大伯提醒我。

我興奮地趕緊衝回家裡，也將這件事小聲地告訴岳母。因為這是大伯第一次邀我去網飛魚。

大伯與我相約的港口，我並不陌生，那是我經常前去搬運包裹的開元港（位在椰油村）。在漆黑的夜裡，數不清的船上出現幾道模糊的身影，不過並不是那種怪東西，而是其他族人也在做出海的事前準備。

「喂～這裡啊，你在看什麼？趕快上來。」大伯那急性子的個性，在遠處呼喊我。

「趕快找位子坐好，我們準備要出去了。」另一位同行的馬然說。

我單腳才剛踩上船，整艘船就像在迎接我一樣傾斜。

馬然用手撈起船下的海水，口中唸著安撫人心的達悟族語。

「馬然，你剛剛在講什麼呢？幹麼自言自語？很奇怪呀。」

因為這位馬然平常很愛開玩笑，卻突然正經起來，我有點不太習慣。

「傻孩子，我是說：『我們的祖靈海神啊，求祢眷顧我們這一趟出海撈魚的行程，守護我們三人一切平安回來，且有豐收的漁獲。』」

✉

這艘小船，隨著引擎發動以及大伯的操控，已慢慢行駛在出海口。

「阿希（嘆氣），你撈這個尖嘴魚幹麼？又沒人要吃。」大伯對馬然說。

此時，那又細又長的魚就在我腳邊跳呀跳，一不小心，我覺得可能就會被刺傷。

原本我心裡還想著：哇，怎麼那麼厲害，才剛出發就有魚了，想必一定是很厲害的長輩。

當正準備開口誇獎他，但不對啊，我將頭探出船身，用頭燈照著小船的四周一看，有整群的尖嘴魚在港口聚集。

「椰油這裡怎麼那麼多尖嘴魚？」我問。

「這邊也是屬於牠們的家啊！」大伯說。

此時，我才回想起，難怪這位馬然總是在我送信時送我尖嘴魚，原來是數量多到數不清呀。

「你去坐那邊，不然我們的船會傾斜一邊，海水會灌進來。」大伯說。

說實在的，我是第一次坐大伯的船，真的是滿小一艘，連坐下的位置都要被分配好。

這時，我們是以一直線的方式排列坐好，以確保小船能夠在海面上維持一定的穩定度。

但在我正前方的馬然忽然站了起來，他拿起身後的撈網，下半身倚靠在「大伯特別設置的小欄杆」，開始尋找飛魚的身影。

看來好戲要上場了。

不過，在尋找飛魚的同時，我卻被眼前的蘭嶼島深深吸引著。

潔白的月被釘在漆黑的夜裡，山伸出它的胳膊，遮蔽刺眼的月光，無形中透露出迷人的山稜線。在過去沒有燈火的蘭嶼，族人總是披著月光，屹立在這太平洋上。

「原來乘坐在小船上，欣賞外海的蘭嶼島是這種感覺啊。」我在內心深處讚嘆。

回過神來，我們已經與蘭嶼島有些距離，但還是可以看見遊客的車燈串在一起，隱約照亮熟悉的環島公路。

「我們的孩子（指我）呀，我跟你說，以前我跟你的大伯出去抓飛魚，那時還沒有裝這個欄杆，我都自己想辦法站穩撈魚呢。」馬然突然開口。

「你的大伯很愛故意開很快、又愛急剎車，我已經因為這樣落海好幾次了！」馬然繼續說。

「是你自己站不好的，怎麼可以怪我？不要一直講話，趕快看看有沒有飛魚出現。」大伯若無其事地在一旁回應。

看來，上這艘船得特別小心。

✉

「再來啊，再飛啊！」馬然說。但飛魚似乎一直在逃竄，愈飛愈遠。頭燈照射在約莫十公尺外的海面，海面上反覆出現白色浪花。兩片醒目的胸鰭在空中翺翔，魚體本身發出既深又淺的藍色光芒，才一瞬間，又飛進海裡。

「這個飛魚在搗蛋啊！像蝴蝶一樣亂飛。」大伯說。

看見馬然的頭燈持續追趕著飛魚的蹤跡，但無論怎麼撈就是撈不到。

大伯將船外機轉向，聽著馬然的指令，繼續追逐飛魚。

在高轉速的引擎聲下，我們的小船早已在這片椰油村外海，劃出一道又一道的白色浪跡。

「大伯，我們在繞圈圈呢！飛魚卻在我們的正中央一動也不動。」

此刻的場景，好像在海上追逐逃犯一樣。

小艇在高速大轉彎時，我們的身體因為離心力關係，幾乎黏貼在船上。我腦中的水平儀不斷發出警訊，再這樣下去，很危險呀。

然而，站在前方撈魚的馬然，依然故我的靠著前方特製的欄杆。他右手一伸，搭配他那將近一百八十公分的身高，轉眼間，他安穩地將飛魚撈起。

「這邊還有！」馬然又用頭燈照著飛魚出沒的位置。

大伯一聽到他的指示，又立即朝著頭燈照射的方向追去。

還沒回過神的我，靈魂差點被大伯「暴力式的開船技術」遺落。

「好！」馬然又說。此刻小艇的動力瞬間消失，剛不小心落單的魂魄，得以一個一個跟上。

小船慢慢靠近目標，馬然手中的撈網偷偷摸摸地朝向飛魚頭部，輕輕鬆鬆，飛魚就這樣落在網子裡。（當下我是看著那條飛魚自願游進網子耶。）

「飛魚很像是你養的耶。馬然，牠自願游到你的網子裡面。」我對馬然說。

坐在後方的大伯說：「他可是椰油村的撈飛魚高手啊。」

✉

我完全看不出來馬然的身手這麼矯健。

他的年齡好歹也將近六十歲，我原本想他的動作如此緩慢，會錯過很多撈魚的機會，但他卻可以做出高難度的肢體變化，哪怕飛魚游得再深、飛得再快，哪怕是跪著撈、側著撈、跨在船邊撈，他都會想辦法讓飛魚自願游進他的網子中。

抱歉，是我膚淺了，馬然。

「我的這個船很靈活。」大伯船開到一半，突然對我開口。

「對啊，而且你跟馬然的配合度很好呢。」我忍不住讚嘆。

看見馬然與大伯之間的默契，簡直就像聲控操作，配合得非常完美。

說走就走，說停就停。每當一有目標出現在遠處，馬然都能恰到好處地抓好時間、距離，使飛魚乖乖就範，進到網子中。

時間愈晚，海面上吹起的風就愈冷。

而我乾坐在板凳上的時間，可能與馬然撈魚的時間一模一樣。（因為是小船，只能一個人撈，另一個人休息。）

幾乎整趟下來都是他在撈魚。（真令人羨慕。）

從大伯邀我出海，我就開始期待有機會可以體驗撈飛魚，即便是站在船頭做個樣子，或是讓我拿起撈網，奮力往海面上撈也行，但馬然會願意讓我體驗嗎？（為什麼總是在這種狀況下，我心裡上演許多小劇場啊？）

但我又害怕自己無法勝任，會因此錯過非常多魚。

✉

「要換你撈撈看嗎？」馬然轉過頭對我說。

他其實已經撈了六十六條飛魚，才願意喘口氣休息，讓我上場撈看看。

「好啊，哪裡不好！」我說。

我站上船頭，拿起撈網，模仿起馬然的站姿，倚靠著大伯設計的小欄杆。

哇！原來這就是族人口中撈飛魚的視角啊。

「你得要站好、站穩，一手拿著網子，一手摸著架子，不然等下你的大伯會讓你掉下去。」馬然在一旁叮嚀。

「之前還沒有裝那個架子時，我已經下海好幾次了。」馬然又提起落海經驗。

帶著緊張興奮的心情找尋飛魚。

我告訴自己：馬然好不容易讓我有上場的機會，我怎麼可以在他們面前漏氣，起碼也要撈個一條上來吧。

但在月光下，當浪花對折起來，一條細白色的折痕留在海面上，總讓我誤判那是條飛魚呀！

還好，真正的目標出現在不遠處。這次，應該不會錯了。

「這邊！」我用頭燈照射著目標，船慢慢靠近，抓好時機，我將網子插入水面下……

啊，飛魚好像被我嚇跑了。

「跑到另一邊了！」我叫出聲。

再度將網子抽起，我轉向另一邊撈，但又不小心讓飛魚逃走。

「阿希（嘆氣），很可惜啊。」我說。

船身隨著波浪拍打、搖晃，我要撈飛魚，又要顧及自己的安危，這真的好難呀。

在我身後的大伯和馬然，他們看我撈飛魚，卻好像在看猴子耍戲一樣。

「那條魚就在你旁邊，你也撈不到喔？你先休息啦，換我來撈。」馬然說。

「好啦，我先看你表演。」

我想馬然是為了要達到豐收的漁獲，而選擇不要花太多時間在我身上。但我其實也認同這樣的想法，畢竟跟著船主出海一趟，得花上油錢、飲料錢，在眾多考量下還是會選擇利益極大化，不過至少有讓我體驗到撈魚的經驗。

我只好又坐回去那濕冷的板凳，看馬然表演。

✉

起初，我對於小型機動船的印象不是很好。會這麼說，大多原因是在搭乘客輪往返蘭嶼與台灣之間時，都會聽見旁人說：「坐大一點的船比較好、比較穩，而且比較不會暈船。」

另一個原因或許是我認為若船體較小，容易晃動，會被海水濺到一身濕。但經歷這次大伯網飛魚的邀約後，我完全大改觀。

我曾坐過二伯與小叔的機動船（他們倆的船都比大伯的船大上四五倍），反而大伯的小船還比較適合撈飛魚。

大船雖有獨立的駕駛空間，置物空間及兩側還可設置座椅，且在航行體驗中比較舒適，至於小船，不但沒有過多的設施空間，連船邊護欄都省了，所以手一伸出去即可摸到海水，也沒有駕駛艙，我們就直接坐在船外機前方的板凳上，單手操控引擎油門。

但小船的靈敏操控性，卻足以讓我們來去自如地追逐水面下的飛魚群，這也是我鍾愛搭小船撈魚的地方。

「等你去過用大型漁網捕飛魚之後，你就會知道用手撈網抓飛魚沒什麼了。」岳父對於我不斷誇讚手撈飛魚的漁獲量時，說出這句話。

蘭嶼飛魚季是有階段性的。

漁汛初期只能用手撈網捕捉飛魚群，不得獵食其他底棲魚類。會這麼做，主要用意是讓族人專心一意只抓飛魚，讓其他的魚種有足夠時間生長復育。

另一個用意是因為飛魚正剛開始來到蘭嶼，數量並不是最多的時候，且用手撈網作業會提升捕捉的難度，藉此可控制漁獲量，也讓飛魚群有足夠的時間來到蘭嶼。

這也是蘭嶼獨有的海洋資源永續概念。

然而，在魚汛初期所抓到的飛魚，也不能久留保存，必須在一定時間內享用完畢，也

因此族人會適量捕捉，以能夠嚐到今年度新鮮的飛魚就好。

來到漁汛後期，族人改用大型漁網捕捉飛魚，加上眾多人手與數艘船隻一同出海，這時的漁獲量都是數以千計，怪不得岳父會對我說：「你現在用手撈網抓的飛魚，真的沒什麼。」

漁獲量，當然是愈多愈好……但對我來說，我還是比較偏愛搭乘小艇，用手撈網抓飛魚。

✉

當我站在大伯的小艇上，用手撈網抓飛魚，我能看見水面下的魚群從船體身旁游過，甚至直接飛了起來，還差點撞到我，這多麼像是人生中與「某種機會」擦身而過，但沒把握住。不過我手中的撈網，卻正是抓住機會的工具。

對於正在熟悉大海魚群的排灣族山地原住民的我來說，只要機會來臨，我都格外珍惜。

郵差的家
——蓋自己的房子

「很羨慕你們正在蓋房子呢，應該要花很多錢吧？」已經不只一位親朋好友這麼問了。

的確，為了造這間屋子，我們的生活起了變化。

以往購物時很少在看價格，喜歡就買，即便消費再高，反正還有信用卡可作為解套。而現在呢？購物得挑商品特價檔期選購，還必須檢查網銀存摺的餘額夠不夠，再查看信用卡額度是否超出預算，就連自己每天所沖煮的精品咖啡豆，都替換成三合一咖啡。

真不希望有朝一日低下頭來往口袋處看時，還會看到腳趾頭。能掏能吐的都盡了。

但回過頭想想，「很羨慕你們正在蓋房子呢，應該要花很多錢吧？」這句話好熟悉，好像我也曾因羨慕他人而說過，只不過這次換我成為他們眼中的主角。

✉

在屋子還未正式動土前，我和妻子經常在環島公路上觀察，觀察有哪幾個村落又冒出新的屋子，我們也討論：「他們是怎麼找到資源的呢？」「他們怎麼都這麼有勇氣蓋房子，不像我們都猶豫不決。」

「您好，我想詢問有關原住民貸款的事項。」我打電話到原住民委員會。

「想請問你們是否了解蘭嶼的族人是如何籌到資金蓋房子？是依靠貸款嗎？因為我們有計畫想蓋房子。」

「根據我們輔導的個案來看，八成以上的族人都是有一定的自備款項，才會決定蓋房子的喔。」服務人員說。

「原來是這樣呀，我都還以為大家是認識了哪位高人可供資金運用，所以才致電到貴會諮詢。」

「沒有這樣的啦，就還是要存點錢啊，年輕人……」服務人員勸說。

「現在住的家實在太小了，我真希望你們能夠趕快蓋一間新的房子給自己，且趁我還有力氣的時候，不然隔幾年等我老了後，就沒人可幫你們。」岳父酒醉時這麼說。

「如果我們的錢不夠，那蓋個空殼屋也好……」岳母接著說。

雄厚的資本，我們沒有，但至少還有青春肉體作為蓋房的擔保品。

✉

「馬然，你們想要喝什麼？」我在工地問起現場工作的師傅們。

「買那個 BAR 好了。」

「保力達大的。」

「我要白色的米酒。」

「我不想喝酒，香菸可以嗎？」

「我不喝酒、不抽菸，檳榔一包就好。」

「我都可以啦！有喝的就好。」

在場的師傅停下手邊的工具，一人一句喊著。

「吼偉駿就是你啦，寵壞這些師傅，一直每天買酒給他們喝。」超商結帳的店員姊姊說。

「怪不得，我請他們工作時，他們都會抱怨：『我在誰誰誰家工作的時候，都喝好、吃好的。』好像在暗示我要對他們好一點。」店員姊姊又說。

在屋子趕工期間，我確實早晚都提供不少酒水。只要工人想喝什麼，我都會盡量滿足他們，這也是因為岳父跟我說過：「對工作的人好一點，他們才會比較甘願幫你做事情，甚至做得更賣力。」

師傅們通常在十點左右會各自休息，他們會往工地裡唯一的小冰桶邁進。小冰桶裡頭有啤酒、保力達、飲料、礦泉水。

一點也不意外，含有酒精成分的總是最受歡迎，很快就沒了。唯獨那最解渴、最補充水分的礦泉水卻不受人喜愛，被冷冰冰的放在最底層。大家碰也不想碰的礦泉水，最後被當作冰桶裡的保冷劑。

眼看他們喝完手邊的補給飲品（酒），開始上工敲釘鋪板，地上的音響正播放工人所指定的歌手——八瑤艾，一系列的原住民組曲。組曲人人都會跟著唱，工作氣氛直達最佳狀態。

每位師傅利用個人的工作技巧，將模板一塊接一塊，拼接成一面牆。

自從開始參與蓋房子，我才意識到原來酒水的地位在工地是多麼崇高，可說是勞動文化中不可或缺的角色。

它的存在如同短暫性麻藥，讓人暫忘家庭給予的壓力負擔、身軀長年累積的疲憊，也讓人能重新面對眼前的工作。有時還能讓老師傅們壯起膽子，行走在高空鷹架，以毫無畏懼的神情在鷹架上上工，甚至有的雙腳不慎踩中釘子時，還需要旁人提醒：「ㄟ，兄弟，你的腳正在流血，你不知道嗎？」

看來這些酒水錢沒白花了。

不過，工作還是別貪上那幾杯，否則連自己掉下去都不曉得呀。

「弟弟，你不要一直買酒給他們喝啦。你看有幾個老師傅才喝一瓶啤酒，就開始休息聊天，都不知道何時才要開始上工。」姊夫把我拉到一旁說。

「酒水不是都應該要給的嗎？」我問。

「也沒有一個雇主像你一樣，每天都拿酒給工人喝的呀？偶爾買就好，不然會浪費你們的辛苦錢。」姊夫貼心替我著想。

「原來是這樣啊。我還以為每天都要買給他們喝耶！」我說。

「下次知道怎麼做吧。

「對了，我剛看冰箱的啤酒沒了，你再去買一手回來……」

✉

「馬然，明天八九點，我們家要灌地坪水泥。你有時間的話，可以過來幫忙嗎？」我四處找尋部落熟識的男士長輩，請他們明天過來一起幫忙灌漿。

「好啊，明天也沒什麼事情，我可以過去幫忙。」受邀的馬然豪邁答應。

由於我們這個家全都是自地自建，沒請任何一個包商來承攬，當要執行的作業需要大量人力時，只好用登門拜訪的方式，請託部落族人能夠給予協助。

「現在都已經九點了，水泥車怎麼還沒來？」前來幫忙的村民困惑地問。

「阿輝（水泥廠商的老闆）應該還在準備材料，何況又得從椰油村開過來，也需要一點時間。」我說。

不過，我的內心其實也開始有點著急，昨日和大家約好的灌漿時間已到，但卻沒有半台水泥車的身影。

「喂，阿輝喔，不是說好今天要幫我灌漿嗎？怎麼都沒看到車子過來？」岳父在遠處拿著電話聯繫水泥廠老闆。

「我昨天不是跟你說不確定嗎？因為有警察在抓無牌車啦（蘭嶼有些車子沒有車牌）。明天再幫你灌啦！」阿輝不耐煩地說。

（岳父打電話的習慣是打開擴音說話，所以我也聽見電話內容了。）

不久，水泥廠的老闆娘也打電話來：「弟弟啊，昨天不是跟你說今天沒辦法幫你們灌漿嗎？」

「不是呀，因為阿輝又跟我岳父說確定要灌啊。所以呢？」我說。

「吼，真的都沒講好呢。今天真的不行啦。明天再幫你們灌水泥。」老闆娘語氣堅定。

當我掛上電話，我立即聯繫在家中準備煮飯菜的岳母：「媽，今天灌水泥取消了，改成明天。」

「唉呀，大鍋的燒酒雞，我都已經煮好了耶。那怎麼辦？」岳母說。

「那就當作今天是預演大家集合吧……」我苦中作樂。

話雖然是爽快地說出，但我還是得面對在場十幾位前來幫忙的馬然們。

我該怎麼對他們解釋呀？

「馬然共（叔叔好），今天真的是不好意思，可能沒辦法灌漿了。」我說。

「蛤？不是說好今天要灌水泥嗎？怎麼又取消了？到底是哪裡出問題？」在場的馬然問。

「剛好蘭嶼警方擴大臨檢，阿輝擔心水泥車無牌，會被查扣，所以決定不出料了。」我把詳細情形告訴大家。

不過，當我說完，我其實是感到害怕又不好意思。畢竟在週末休假日請託族人前來幫忙，已經是打擾到他人，加上約定好的灌漿作業又當天取消，我實在是想挖個洞躲進去呀。

「我們沒有工作，又在這邊喝啤酒，等一下又要吃燒酒雞，這樣哪行？」突然有人這麼喊。

「對啊，偉駿，你這樣，我們會不好意思耶。沒工作，卻又有飯吃、有酒喝。」馬然們齊聲說。

「哈哈哈，就當作今天是考驗大家能不能準時到啦。」我說。

「不行啦，這樣反而我們會更不好意思。明天我一定會來幫你。」前來幫忙的二姨丈許下承諾。

萬事屋
0938-537-114
阿源

「待會兒有喝到酒，吃到燒酒雞的人，我會記住你們每一個，明天記得要過來幫我呀。」我說。

「一定會，一定會！我們一定要來啊，不然就是白吃白喝。」前來幫忙的男士互相虧著說。

呼，我還以為我會被罵死。還好今天的預演排練還滿順利……

🖂

「爸爸，你跑去哪了？」我打電話給岳父。

因為時間已晚，原先我看岳父還在家裡東翻西找，看起來好像有事情要辦一樣，但一轉眼卻不見人影。

原來，岳父一個人在夜裡跑到蓋房子的工地了。

「我很可憐我們的家。因為它（指正在蓋的房子）第一次經歷部落有喪事，所以我想去陪陪它。」岳父說。

就在剛灌好地坪水泥的隔天，部落裡有一位長輩因病離世。

在蘭嶼的傳統文化中，只要一有喪禮的消息，整個村莊的勞動就會暫緩下來。

出海的男人們，得提早返回村子；在農作的婦女，得放下工具，返回居所；在修繕道路工程的外包商，也得熄火停機。

當你傷心難過，我選擇靜靜地待在屋裡或涼台上看海。
當你眼眶泛濕，我寧願不在海上劃出一道道白色浪跡。
當你失去至親，我也在記憶裡尋找著和他共處的身影。

村民所做的一切，全是為了尊重喪家。
達悟族人能夠在資訊快速流通的世代，保留這樣的習俗，真的很不容易。

✉

時間很晚了，我擔心岳父在工地著涼。
我騎著機車，亮著小燈在夜裡行駛，抵達目的地後，我看見岳父獨自躺在躺椅上。
「你不會冷嗎？」我問。
「還好，我有多穿一件外套在身上。」岳父說。

「那就好。」我說。

不安的風，吹著樹上的枝葉。枝葉窸窸窣窣彼此摩擦，時不時讓人感到顫抖。

帶著火紅星點的蚊香，沉睡在躺椅下，也冉冉升起白煙，散發出我們熟識的味道。

「咦？爸爸，你為什麼要把刀放在底下？」

我看著蚊香旁有一把刀，莫非是待會兒有鬼東西出來時，可以用來防身嗎？（我多想嗎？）

「這就像以前蘭嶼人拿來打架和趕鬼用的基腩路路（有點像現代的長矛）。他們看到就會害怕。」岳父說。

今晚的蚊香，熏得特別迷人，就像岳父在星空下訴說著蘭嶼人的浪漫性情。

岳父將這間正在長大的屋子視為是有靈魂、有感情的。說是人嗎？也不是。說是個物體嗎？又好像不妥。

姑且把屋子想像成，剛著落在母體子宮上的胚胎。

岳父那天晚上最後究竟有沒有回家，我不清楚。

但我知道，岳父要離開之前，一定會跟這正在長大的孩子好好道別：「你別怕，我明早還會過來陪你。」

只要你需要人手，族人隨時都會挺身而出。

✉

「我很想再多請幾位工人，把立模的工程趕快完成，因為我很怕那個會來……」岳父說。

「如果做到螺桿穿進板模，並且用鐵片、螺母鎖緊，那麼我就安心了。」岳父又說。

在達悟族人的生活中，有許多事得遵循傳統習慣來完

成，譬如：當去採集檳榔時，得將分枝和主幹的末梢連接處清除乾淨；捕撈飛魚回到港內時，得先刮好鱗片，才能將漁獲帶回家中。

若在這當中省去上述的步驟，在老人家的解釋裡是說：「難道你已經沒時間了嗎？這麼急做什麼？」（意味著你要走了嗎？）

如今，建造屋子的過程是漫長的，有可能是一兩年甚至三四年的時間，還得因應多變的天候。

每當季節進入颱風的好發時期，岳父也跟著進入情緒敏感階段。岳父無時無刻都擔憂未來的天氣變化，甚至一心想多花錢，請更多師傅進場趕工。

「難道真的不能慢慢來嗎？」有次，我在電話中因為趕工事情和岳父有些爭執。

「好啊，那就都不要做了啊！就讓你等看看颱風會不會來。」岳父在話筒一方罵著。

不久，那個東西（颱風）真的來了。

（在蘭嶼的傳統文化中，族人仍然堅信某些事物絕不可隨意說出口，就好比前面例子提到的那個東西，實際上指的就是「颱風」。只要你無心地掛在嘴上說著，而被一旁的族人聽見，那就會被認為將來有可能會發生，且招來不好的運勢。特別是當聽見的人處在忙於蓋房子、造船等事，會最忌諱聽到一些敏感字眼。）

「你們不打算先灌一半的泥漿在模板裡嗎？」

「你們家這樣會很危險啊！」

村落裡的族人也替我們憂心好不容易立起的模板，會因此被吹垮，紛紛提出建議。

✉

有一股熱帶低氣壓正在南太平洋海上蠢蠢欲動，恐有機會在四十八小時內變成強烈颱風。

當有強烈陣風或颱風要形成時，蘭嶼沿海的海岸線通常會出現汙濁的土黃色，像是被巨浪翻騰過一樣。但這次颱風來臨前的夜晚卻很特別，島上格外寧靜，浪也非常平穩，就連沿海的土黃色特徵也沒出現。

「颱風不會來了啦，以我在蘭嶼的生活經驗來看，海邊的浪也沒變大啊。」岳父再次向我保證它不會來。

雖然有岳父百分之百掛保證，但我們其他家人仍然感到憂慮與不安。

我們前往工地，加強防颱。收拾有可能會被吹起的建材、對耗盡心力建起的三米六高圍牆加以補強，為的是不讓過去大家的心血在一夜之間被瓦解。

「以前你們是數張模板零散在四周圍，但今天已組成高牆，我相信你們能夠撐過這次的強烈颱風。」

妻子收拾完建材後，小聲對我說：「我剛默默地和這間屋子說話了。」

✉

深夜開始下起雨，風聲也逐漸變大。我們一家人早已累癱，在各自房間休息。

它真的來了，窗外不斷颳起強烈的陣風暴雨。

「我很擔心『我們的家』呢。」妻子一臉憂心。

「我也這麼覺得，但是爸爸又說沒問題，因為有用鐵度啊（台語，一種輔助建材，可作為支撐架使用）和螺桿鎖緊。」我安慰妻子。

「真的嗎？風很強耶，我都能感受到房子在晃動。」

在颱大風下陣雨的夜裡，我隱約不斷聽見樓下的紗門有進進出出的聲響。我猜是岳父覺得苗頭不對，冒著危險跑到工地，探視現場情況。

「阿希（嘆氣），糟糕了！工地屋子前方的板模結構已經被吹壞，側邊的材料也搖搖欲墜。這下真的完蛋啦。」

岳父穿著好像泡在雨水裡的雨衣，一身濕的回到家中，告訴我們現場的狀況。

我們都想前往工地現場，但風雨實在太大，只能打消念頭。

「『我們的家』還好嗎？」妻子用濕濕的眼角看著我。

畢竟，大家都辛苦這麼久，心血也完全都投入在這間屋子裡。真希望璨樹颱風可以溫柔對待我們的家啊。

但假如我們當初沒有急著趕工，是不是也能夠免於颱風的侵襲？

🖂

「照理來說，昨天他們本來就要灌漿，怎麼可能今天還是他們先呢？那我們怎麼辦？而且颱風外圍都快碰觸到蘭嶼，快要變天了啊！」岳父急著說。

（這是我們蓋房子過程中，第二次遇到颱風。）

「人家昨天也因為下雨，導致廠商沒辦法出料，所以延後呀，又不能怪他們。」妻子說。

「如果阿輝（水泥廠老闆）今天沒辦法配合我的行程，我就請另外一家的水泥車來。」岳父決定。

事實上，岳父和阿輝是僱工關係。且岳父是老闆們的愛將，舉凡有關車輛的相關技術、維修問題，他都能如大家所願的完成。

岳父嘴上說若阿輝不配合他時間，就改叫另外一家的廠商，但這也是男人說說氣話而已，怎麼可能出賣老東家呢？

然而，這次的灌漿是屋子成形前的最後一哩路，如果沒辦法在這天完工，就可能會像之前遭受到風雨肆虐一樣。

只是光今天部落裡就有三戶人家要搶時間灌漿，我們也只能配合廠商與族人說好的約定，等待前面兩戶灌好後，再輪到我們。

我反覆前往部落，查看前兩戶的灌漿進度。騎車時，我看到他們夫妻倆正開心慶祝。

「也是替他們夫妻感到高興，早已經灌好二樓的水泥，現在正慶祝完工的喜悅，也不用再煩惱颱風過境的問題。上次同樣淪為受災戶的他們，也吃了不少苦。」我心裡想著。

「快打電話給媽媽，請婦女們開始煮菜，待會兒就會輪到我們家開始灌漿了。」岳父在工地外圍興奮地喊。

沒多久，混凝土泵車從遠處緩緩駛來，這時已經是上午十一點左右，緊接著後方陸續有數十輛摩托車也跟著前來，是那一群剛在前兩戶幫忙灌漿作業的族人們。

「來來來～來來來～好！」（倒車時的口號。）

「把旁邊的鋼筋彎掉，不然會擋到水泥車的路線。」

「多灑一點水啦，水泥這麼乾。」

灌漿作業的步調非常緊湊，加上在場二三十位男士的陽剛聚集，所以沒有一隅是安靜的。

從中我也發現，又有幾位機具的操作人員是我平日送郵件時常接觸到的族人。

我很感動每一位的幫忙。原來每個人都是深藏不露的高手。

「我先回椰油裝水泥，等一下再過來。」二伯也為了我們的新家，特別協助阿輝老闆

出車灌水泥。

「恭喜啊，郵差！」來自紅頭部落，很愛偷偷買東西，卻又怕被老婆發現的馬然說。

「馬然，你也是開水泥車的喔？看不出來耶。」我說。

「瓦熱炯（稱呼弟弟或妹妹的招呼語），蓋房子很辛苦吼，真是辛苦你們一家人了。」來自椰油部落，有次不小心在路上撞到羊，所幸還在正常呼吸的嘎嘎（哥哥）對我說。

當大家擠著要去屋頂幫忙鋪設水泥時，我和幾位馬然寧可待在屋內底下顧模。（以防板模連接處未妥當接合，易釀成噴出泥漿的情形）。

隨著泥漿，透過混凝土泵車運送至屋頂，再由板模之間緩緩落下，某面牆內發出清脆

的敲打聲響，是小石子和鋼筋的碰撞聲，我趕緊過去用手觸摸、用耳朵仔細聽……

「實在是很感動呀！在還沒灌漿前，兩塊模板之間總是有著十五公分的距離感（這十五公分就是屋子的牆壁厚度），沒辦法把你們湊合在一起；如今水泥來了，距離感也沒了。」

「我心中的大石，終於卸下來了。」岳父不無感慨。

「我所期盼的空殼屋子，也在今日完工了。」岳母說。

「偉駿，你們要記得今天是『他』的生日喔。」岳父叮嚀。

正當岳父對我說這句話時，我本來還在想今天是幾月幾號，到底又是誰的生日呢？啊！原來是我們的新家。

✉

我永遠記得小時候看過整村的族人，在部落裡互相幫忙灌水泥的畫面。這種感覺就像，只要你需要人手，族人隨時都會挺身而出。

可是隨著工作機會外移，已有許多青壯年及長輩遷至異地久住，導致現在的人情味沒有過去濃厚，也因此我非常珍惜這一次族人相聚在一起的場面。

原來，工地不僅是家的起源，更是連繫族人情感的地方。

註：雖然文章中提到請大家來幫忙蓋房子，但我們同時也請了專業的工人，花費好幾百萬。

游上岸的文化
——練習殺飛魚

「偉駿，我剛路過灘頭看到很多男士在處理飛魚，所以你爸爸好像也已經回到灘頭了，你要不要去看一下？」岳母對我說。

今天是岳父跟著公家船一起出海捕撈飛魚的日子。

✉

每當飛魚季期間，有船隻的族人可以自行呼朋引伴，邀請他人一起捕撈飛魚。對於沒有船隻且想前往捕撈飛魚的族人，就可以選擇跟著「部落裡的公家船」同行，或等待其他船主的捕魚邀約。但無論是哪一種方式出海，最終目的都是為了捕撈「今年度新鮮的飛魚群」。

「那麼，我可以過去灘頭幫忙刮魚鱗嗎？」我問。

「嗯……應該是可以吧？」岳母回應。

來到灘頭，看見男士們正在把當天所捕撈的漁獲用桶子盛裝，一桶一桶的扛到岸上。上千條的飛魚在陽光下聚集，如同大海中的藍寶石一樣閃亮，空氣中更是流動著一股濃郁的鮮味。時不時還會有族人撈起岸邊的海水，潑灑著正在等候被刮除鱗片的飛魚。（潑灑海水的用意是確保漁獲的新鮮度。）

一勺又一勺的海水滋潤了飛魚，也再度喚醒飛魚對大海的記憶感受，彷彿也讓牠們分不清現在是在海裡，還是岸上。

飛魚們彷彿在說：「就算已脫離湛藍的大海，族人們還是為我維持沉浸在海洋裡的感受。」

看著族人三到五人為一組，蹲坐在灘頭，手上拿著用水管改良而成的刮鱗器具，奮力地處理今日的漁獲，因為後面還有好幾道工序等著他們。

「馬然，我可以幫你們刮魚鱗嗎？」我說。眼看這組人似乎需要幫忙。

「沒問題啊！旁邊的這幾條就給你負責，刮好的魚就放在另一邊。記得要分清楚，不要搞混喔。」馬然說。

於是，我順理成章地加入了大家。開玩笑，刮魚鱗這種小事應該難不倒我。

「看你這樣子刮魚鱗要刮到什麼時候？人家都刮了四五條，你還在刮第一條。你是在幫牠抓癢嗎？太溫柔了啦你。」正在一旁將飛魚分類的馬然提醒我。

「不就只是把身上的鱗片刮掉而已嗎？」我小小聲地問。

「要用力一點。從尾巴這裡往頭部向前刮，腹部這塊也有鱗片，記得也要刮，還有最常忘記的魚頭。」

馬然拿起一條飛魚，親自示範給我看。不到幾秒，馬然手上的那條飛魚，已脫光身上的鱗片。

「在刮魚鱗時，重點是要盡量刮乾淨，好讓其他馬然們回家後殺飛魚也好處理，且不用再多做一次工序。」他又說。

原來如此啊！怪不得每次幫岳父處理飛魚時，岳父總是抱怨：「吼~怎麼都不把魚鱗用乾淨呢？我還要再自己刮一次，很浪費時間啊。」

達悟男士們在飛魚季期間要處理的飛魚數量，不是我們想像中的十幾條而已，通常都超過五十條，甚至上百條（端看出海一趟每人平均分得的數量），因此若加上魚體還帶有鱗片的話，魚刀根本就切不進魚肉裡，這就又成了一道作業的阻礙。

「馬然，這幾條魚，你拿去。」正刮著魚鱗的族人說。

「真的不用啦，我看你們抓到很多飛魚就很開心了！」站在一旁圍觀，正看著大家刮魚鱗的馬然回應。

「沒關係～你可以拿去。這次，我們抓的魚有很多。」另一組刮著魚鱗的馬然也附和。其他刮著魚鱗的男士也說：「多給他一點也沒關係，很可憐他呀。（在此並沒有任何貶低意味，意指同情他沒辦法和我們一起出海了。）這幾條也拿去。」

看見族人們共享飛魚漁獲的舉動，頓時很能夠感受到「文化上的溫暖」。

即便這位馬然靦腆婉拒男士們的餽贈，但就在不遠處，還是有人默默地將飛魚裝進袋子裡，想拿給他。

✉

在部落裡，總會有幾戶獨居的長者。年邁的他們早已沒有年輕時壯碩的身軀，也沒有一起出海捕魚，當然他們也不是故意要在大家正在刮魚鱗時前往圍觀，好像要討些漁獲似的。

他們其實「只是想回味當初自己也是這麼經歷過來的那些回憶」。

族人們共享的互動畫面深刻烙印在我的記憶裡，也讓我回想起，先前在送信時，族人看我一身制服被汗水淋濕，就送我冰涼的飲料，希望我可以消暑。

這樣的感動與喜悅不只來自一位，陸續有好幾戶人家給了我冰涼的飲料，讓我機車後方的籃子裡有各式各樣的冷飲。

當我騎車投遞信件，回想起這幾位贈送我飲料的村民，身體被太陽曬著的疲憊感，也一點一點的消失。

但這麼多的飲料，我也喝不完呀。恰好那時，從遠處走來一道熟悉的身影。她頭頂戴著已不堪使用的斗笠，手中還提著剛從田裡挖起的農作物。

「嘎米𡟰共（阿姨好），妳要去哪裡？」

「我剛從山上回來，正要回家。」

「啊，妳要走路回村莊唷？很遠呢。（少說三公里的路程。）」

當時正是夏天最炙熱的時候。那種太陽真的會咬人呀。

「天氣那麼熱，這個給妳喝。」我拿起機車後方籃子的冰水送給她。

「不用啦，你自己留著喝，我看你也很辛苦地送信。」她邊用袖口擦拭著臉上的汗水對我說。

「沒關係，嘎米𡟰，剛剛我在送信時，村民送我很多很多的飲料。這瓶冷飲，妳就收下吧。」

「真的很感謝你呢！你騎車也要注意安全喔。」她握著手中的飲料，不斷跟我說謝謝。

當我們擁有更多時，確實是會感到非常開心，但若能將這份感動與喜悅分享給更多人，這種幸福感就會一直一直傳遞下去。

✉

「簡偉駿，過來一起殺飛魚呀！」住在隔壁的姨丈朝我喊。

「我還不會殺飛魚呢，姨丈。」我說。

「什麼，不會殺?!要練習呀！不然怎麼成為真正的蘭嶼人？」

「殺這個很簡單啦。你看，這邊劃一刀、剖開，劃三刀翻面，再劃兩刀，這樣就好了呀！沒有想像中那麼困難。」在一旁的馬然們也大聲說。

從來沒想過我這從本島來的排灣族，能如此受到海洋民族的接納與喜愛，他們是如此希望我能和他們一起殺飛魚。但仔細想想，或許也是馬然們看好我是蘭嶼的女婿，所以希望我也會一點達悟族的傳統技藝吧。

甚至我有時候搞不清楚他們是真的想要讓我參與、學習，還是只是見面口頭上的問候而已？

畢竟在飛魚季期間，那是最多迷信的時候，因此大多時候我都選擇在一旁靜靜看著長輩處理飛魚。

✉

正當村落裡的男士們都回到住家開始殺飛魚，我看見岳父從灘頭回來，他手上提著兩大袋飛魚，口中唸唸有詞：「這次分到那麼多，我一個人要處理到什麼時候？何況現在都已經幾點了，再不快點的話，沒有太陽就來不及瀝乾飛魚了。」

「你去拿臉盆，再幫我拿刀子，順便把廚房裡的鹽巴也拿出來。」岳父急忙對我說。什麼都還不會的我，只能接受岳父的差遣，而家裡的男人也只剩下我和岳父兩人（只能男性殺飛魚）。

其實我心裡或多或少也有點難過，難道我只能做這些雜事嗎？我也很想幫岳父分擔殺飛魚的辛苦呀，也好讓岳父能夠早點休息。

可是我連怎麼切都還不會，也不曉得岳父願不願意教我，但我又仍抱持著一絲希望，心裡想著：「岳父應該會讓我殺一條飛魚吧？岳父應該也是很想教我殺飛魚吧？」

即便我雙眼散發出渴望的眼神，固守在岳父身旁，專注看他殺魚，岳父似乎仍然沒感覺到我的渴望。

「你要練習殺看看嗎？」岳父殺魚殺到一半，突然開口說。（驚，難道岳父聽到我的心聲了嗎？）

「好啊，好啊，我很想試看看。」我興奮地回答，內心期待指數爆表。

（當時的我已經蹲在一旁，看岳父殺了好幾十隻飛魚，也大概揣摩刀子如何劃在魚體身上，我覺得應該是沒問題的。）

「呃……但你還是先在旁邊看好了。很怕你會處理不好，這條魚就不能吃了。」岳父又猶豫地說。

「下次應該還有機會。」岳父說。

（唉呀，岳父，你是問心酸的嗎？我都已經想像自己在練習殺魚的畫面了耶。學習的熱情就被你這麼一句「怕你不會殺，這條魚就無法吃了」劃下休止符，難道我連練習的機會都沒辦法擁有嗎？）

「不然你先跟她們（指現場幫忙的女人們）學習如何處理內臟跟清洗好了。下次若有機會，再給你練習。」岳父說完，默默地一個人殺飛魚。

無法一起共同參與殺飛魚的過程，我只能在一旁和女人們將魚的內臟取出、沖洗、瀝乾……

我心裡吶喊：好想一起殺飛魚呀！好想殺~好想殺呀！

一直到下一個飛魚季，我才開始動手拿刀，練習殺飛魚。

✉

「大伯給了我們家三十條飛魚，我幫你藏在外面的冰箱。你再利用下班後的晚上練習殺。」岳母特地打電話跟我說。

「看你殺完後，會不會比較熟練一點。」岳母最後補充。

岳母之所以這麼做，是因為有一次在飛魚季期間，岳父拿一條飛魚讓我練習殺，但我才剛殺到一半，身旁就傳來：「啊，你怎麼這樣切呢？我不是說過好幾次了，你也看我殺過，怎麼還切錯！這條飛魚不能吃了，等等拿去給豬吃。」

岳母當時也在一旁處理飛魚的內臟，她心疼我被岳父斥責，也怕我因為那次的失誤，讓我以後都不敢再幫家裡殺飛魚。

其實，那一次的挫折並沒有讓我心生畏懼，反而開啟了我與岳父之間的親密。

在飛魚季期間，我和岳父共用一張小桌子，我們各自手拿一條飛魚和一把魚刀。岳父反覆地做分解動作給我看，並提醒我下刀時得注意的地方。

在那一刻，我完全感受到「岳父終於願意教我了」。

另外，我察覺到島上族人對於教導傳統文化相關知識時，大多都不太會仔細細說，反倒是長輩直接操作給晚輩看，晚輩再跟著做一遍。此時，無論晚輩是做對或做錯，長輩通常這時候才會開始溫柔地講解。

回想起來，岳母替我預藏三十條飛魚的那一晚，是我有史以來殺飛魚殺最慢，但也最享受的一次。你可知，一位初學者要有三十條飛魚可以練習殺，那機會是少之又少呀！

在要下刀之前，我足足在魚體上模擬各個步驟好幾次，就為了避免再犯下同樣的錯誤。

而當我每下一刀時，就會拿起魚來，細看魚體上的切痕，並且用手去感覺每一個部位，就為了讓自己能夠更認識眼前的飛魚。

✉

「待會兒給你的魚刀，你要稍微用磨刀石磨一下，不然殺魚會不好殺。」岳父說。

除了飛魚季時期，大多時候若沒有使用魚刀，很容易因為氣候的關係，導致刀身鏽蝕。

看著岳父遞給我的刀子，我想應該是好幾年沒用了吧，但沒想到事實卻是因為刀子太多，沒辦法一次輪著用，這就跟買了很多台車子，不一定每台都會開得到一樣。

「啊，你怎麼切成這樣？」岳父看著我切的飛魚，驚訝不已。

「怎麼了嗎？應該還不錯吧？」我說。

「那個肉質都被你切壞了。是你不會切，還是刀子的問題啊？」岳父質疑。

男人在切魚之前，必須將手上的那把刀磨得鋒利，切割出來的魚體才會乾淨分明。若刀鋒有缺口、鈍掉，切割出來的魚肉會呈現類似被貓咬過的樣子（長輩都是這樣子形容）。肉質除了看起來不美觀之外，吃起來的口感也會有落差。

但我很想跟岳父說：「我覺得應該是刀子的問題比較多啦。」

✉

也因為這次「岳父指教」的經驗，我開始強迫自己去研究如何購入一把適合自己的魚刀。畢竟未來要面對的魚種愈來愈多，我總不能買一把屠刀殺小魚吧？

後來，我看上一把「日本製高碳素鋼」的魚刀，但會生鏽，所以得在使用完畢後上點沙拉油做保養。

「你在海島，你還買會生鏽的刀？是頭殼壞掉了嗎？」你一定會這麼問我。

沒錯，我就是那個浪漫的傻瓜。

我就是想體驗磨刀的過程，所以還買了不同粗細度的磨刀石，想好好善待這把我挑選出來的魚刀。

「唉唷，有新的刀子呢，看起來很好用、很有氣勢喔。哪裡買的？」住在隔壁的姨丈好奇問我。

當時我們好幾位男士都在家裡外頭處理剛捕撈上岸的飛魚。

「網路上買的啊！可是這把刀需要好好保養，不然會生鏽。」我說。

「不錯耶，看你殺出來的飛魚都很好呀！」

姨丈稱讚我殺魚的技術。我感到非常喜悅，好歹這把刀也花了兩張小朋友的價格。

過了一陣子，我再度將這把魚刀拿出來使用。

「咦，你今天殺的魚怎麼都怪怪的？不是切得歪歪的，就是魚肉好像被切爛了一樣。」

小姨丈覺得奇怪。

「會嗎？」

難道是我上次磨刀沒有好好磨嗎？看了看，魚肉還真的有點像被貓咬過。

「你那個刀看起來就不好用！還會生鏽，又要保養……哪像我的刀，不會生鏽，又可以亂磨，殺出來的飛魚也很漂亮。」

小姨丈說完，拿起他的魚刀朝向鐵桌的桌角磨呀磨。

連坐在隔壁的馬然，也拿起自己的魚刀，朝著路旁的碎石頭磨呀磨。

只有我執著使用不同係數的磨刀石來打磨，相較之下，還真的有點……（不好說）。

飛魚要殺得漂亮，必須是長期下來的經驗累積，像我這種不常出海、不常殺魚的人，儘管拿再好的刀具，也只不過是看起來很有氣勢罷了。

我的刀，還需要磨嗎？

✉

「你們的女人都還沒出來幫忙準備喔?!」

大伯母在男人即將捕魚回來前，看見屋外沒半個媳婦出來準備，因此大聲問。

過去的傳統觀念仍然深植在族人的思維中。粗獷的手拿著魚刀，時不時身邊還會有菸、酒伴著。他們彼此談論海上的趣事，偶爾還會互相虧對方——這是達悟的男人。

手掌不像都市女孩般的細緻，指縫間還殘留今早去田裡耕作的黑土。她們沉靜地坐在矮小的椅子上，腳邊擺上各式各樣的碗盆——這是達悟的女人。

對於出海捕撈飛魚，在多數人的印象中，這確實是男人在做的事，但卻鮮少有人會注意女人在這傳統文化中的位置。

而身為蘭嶼的女婿，我還是尊重達悟男人所做的事。

男人利用刀身，刮除魚體上未清理乾淨的魚鱗，再讓魚身側躺，刀鋒順著尾鰭的方向起刀，切至約莫五到八公分後，可見到魚的肋骨。此時，刀鋒必須更深入一些，且會聽到類似有氣體排出的聲音，就可知道目前的位置已經是在內臟。

刀鋒依舊保有三公分的長度留在魚體內，順著魚背，切向頭部（會聽到切斷許多肋骨的清脆聲響），再利用左手捏住眼睛部位，並將魚體擺正，施點力把魚頭剖半，魚體將呈現對稱的樣子，最後在兩邊的魚體分別劃上「達悟獨有的切割記號」。

以上這些事只有男人才可以做，女人無法。

女人則是將這些剖開後的飛魚內臟，分別放置在腳邊的碗盆中，用清水刷洗魚體，讓附著在魚骨上的血絲能夠完全被清理乾淨，再用一條林投樹氣根所製成的細繩，穿過鏤空的魚眼眶，綁上可拆的結，以十條飛魚為一組，最後再交由男人用清水打濕後，掛在魚架上瀝乾。

「kezes（格萊斯，我的名字，蘭嶼話），你幫我把架上瀝完水的飛魚拿下來，我們（指女人們）準備要塗鹽巴。」大姨媽進來屋內，請我幫她的忙。

「這個也是我們男人要做的唷？」我疑惑地問。

「對呀，你不知道蘭嶼飛魚季有很多迷信吼。」大姨媽說。

大姨媽深怕擅自把飛魚拿下來，會讓男人抓不到飛魚。再說她的身分更是不能讓她這麼做，因為她是寡婦。

「走啦，我們上去跟他們一起喝酒、聊天，那個後續處理飛魚的工作就交給女人就好。」馬然眼看鄰居在吃著大魚，便邀我一起過去。

「你去跟他們聊天。剩下的工作，我們女人來做就好。」大姨媽說。

✉

在今日的現實社會中，倡導男女工作平等、打破玻璃天花板、女權主義等，但島上的族人仍遵循長年以來的傳統觀念。

曾有長輩說：「夫妻之間必須互相合作，無論是在耕作、造船、建屋；不過即使沒有另一半，家族中的女性也會幫忙。」

而我想說：「飛魚棚架上鋪曬的不只是文化上的精神象徵，也是達悟男女之間的默契。」

我的文化板塊

——拼板舟的取材之旅

「偉駿，你要不要跟我一起去幫謝秦道馬然？今天好像是他最後一次上山採拼板舟（註1）材料，就在野銀部落那裡。」岳父說。

✉

早在好久以前，我就很期待能幫忙砍伐拼板舟樹材，只是因為郵差工作的關係，無法如願達成。現在有這個機會，我當然不想錯過，於是我毫不猶豫地答應岳父。

下一秒，我帶著興奮的心情換上工作服裝，順道去小七買了一些補給食品、冷飲，好讓在工作的長輩們可以有更多的體力對抗整天的辛勞。

據說待會兒要取的板材是「麵包樹」，是裝設在「拼板舟」的兩側。（實際上整艘船是由各種不同的樹材組成。）而今天採的這兩棵樹的樹齡，至少都有二十年以上，是位於蘭嶼野銀部落的「永興農場」附近。

這個取材地點，我認為是輕鬆的。因為有些家族所種的樹材是在更深山的位置，也許得行經數公里的路程、經歷不同坡度的山路。

我跟岳父來到取材地點附近時，循著船主所用的「月桃葉指引砍材地點的記號」，也看到剛剛下過雨的泥濘裡，還印著熱騰騰的腳印。

岳父說：「他們應該是往這邊走。」

我提著兩大袋剛買的冷飲與食品在樹藤裡穿梭，感覺與他們愈來愈靠近，因為已聽見幾位男士們的對話，以及工具敲打石子的聲響。

「馬然共（叔叔們好）！」我說。

長輩們回頭看我一眼，說：「這裡有包裹嗎？怎麼你也跑過來幫忙了？唉呀，我們的郵差也跑來這裡送包裹呢！」

「我是來幫忙你們的啦。這裡有水、麵包、舒跑，還有啤酒喔。」我說。

看著馬然們開心的表情，我就懂了。（我的內心解讀：看來我們蘭嶼女婿很懂得做人嘛，還會買酒水給我們。）

✉

抵達目的地時，我拿起剛買的米酒及兩個杯子，準備向這片山林的祖先、草木的靈，還有今天的船主打聲招呼：「我所敬畏的那些看不見的祖先們，我身上還未沾染原生達悟的氣息，祢們都還不認識我，所以今天在這裡向祢們問候，我是希・格萊斯（si kezas，我的達悟族姓名），我的太太是希・加蘭姆農（si jazmono，太太的達悟姓名），我們都是來自蘭嶼的東清村，很開心能夠為我們的馬然（船主）揮灑汗水。

「我也正努力學習島上一點一滴的文化，盼望將來能夠成為島上的勇士；而我們的樹，你成長的二十年來，就是為了今日成就船主。你的靈將為這艘船帶來豐收漁獲，我們帶著祈福的心，在你的樹皮上劃下一刀一痕，刻著拼板舟的雛形，也一塊一塊的拼在達悟文化裡。」

其實不僅在蘭嶼這麼做，以前排灣族的爺爺帶我上山捕獵，當初次來到陌生的山林環境，爺爺都會叫我用手指頭沾少許米酒，敬周遭的靈，並敘述自己是誰，好讓祂們認識你，也保佑這一趟一切平安。

通常對於不熟悉的工作，我會先在一旁觀察，看大家是如何做，而不是一頭栽進去幫忙。因為如果沒搞清楚狀況，幫了倒忙，反而會挨長輩們的罵。

當長輩們奮力工作時，情緒會比較激動一些，這是因為他們知道要在天黑前完成工作，因此不希望在忙碌時，被人問到一些無關緊要的問題，所以就算要問問題，也得找對人、找對時間。

眼看樹旁有個空位，我立刻拿起一旁的工具協助挖土。

「把那些他們剛剛挖的土全部清到一邊，然後在樹根底下挖出一個洞，待會兒我要用鏈鋸切開。」江必書馬然說。

既興奮又謹慎的我，一邊把土鏟到一旁，一邊也準備仔細瞧瞧這棵樹底下，好像有什麼神祕的面紗即將被我揭開。

如果我的推測沒有錯，這種樹至少會有三到五根向四周生長成「L形樣子」的樹根，其中有一根比較扎實、弧度比較漂亮，通常會被拿來當作拼板舟的材料。

不過，開挖並不是很順利。在處理第一棵樹時，它的樹根周遭不但布滿各種大大小小的碎石，甚至還有一顆大礁石，阻擾長輩們用鏈鋸切割，必須先用破壞工具將它擊碎。

「你用這個鑄鐵造的長矛，敲看看礁石會不會碎掉。」馬然對我說。

長矛移交到我手中，我頓時感受到非常有分量。

「原來這個這麼重喔，看你們都敲得那麼輕鬆的樣子。」我對馬然們說。

沒敲打個幾下，礁石表面已經出現些微的裂痕，只不過我的雙手也已經被長矛震到不屬於我的。

「很累的時候要換人啊，不要逞強。」一旁的馬然們又對我說。

「開什麼玩笑！我好不容易有機會來幫忙船主取板材，怎麼可能輕易放下工具，到一旁休息。就算累了，我也不會跟你們說。我想為這艘拼板舟付出一點心力，至少將來看見『它』時，可以感受到當初自己也有汗水揮灑在這艘船上。」我在內心對自己說。

「待會兒仔細聽、仔細看，他們會說那棵樹等一下會往哪裡倒。」岳父在我耳邊說。

一連串的達悟族母語交錯，馬然們似乎在討論樹要怎麼倒比較好。

鏈鋸在樹幹上劃出幾道角度，長輩們有自己的盤算。

「大家注意，樹木會往這邊倒下，不要靠近。」正準備切下最後一刀的馬然說。

佇立在叢林中的兩層樓高的麵包樹，像是喝了點小酒，身軀緩緩地倒向周遭的朋友

（指現場的花草樹木）；在朋友的攙扶下靜靜地躺著，也不再發出樹枝斷裂的聲響。

有時候取木材的地點並非是在平坦的地面上，而在比較傾斜的山坡地，那是只有少數人能站的地方，所以要想好大樹倒下的位置，也才方便現場的馬然們雕磨樹材。因為除了要留下做成板材的樹根之外，其餘部分也得小心處理。

「這邊就交給幾位經驗豐富的馬然，我們趕快到下一棵麵包樹挖土吧。」岳父對我說。

雖然在我腦中仍留著剛剛樹幹倒下的那一刻，但原班鐽土的馬然們已經轉移陣地，前往下一棵樹。

現場只留下四位主力操刀者，各自啟動手上的鏈鋸。

此時發出的引擎聲及刺鼻的汽油味，在叢林裡顯得格格不入。新鮮的木屑一絲一絲的被刨成雪花，在空氣中舞動，隱約散發出樹木的淡香。

造船經驗豐富的四位馬然，用手掌量測船身的尺寸，構思船體板型。

船體本身有弧度曲線，有點像在算數學微積分：從記憶中的船型曲線，搭配不同切線斜率，再一刀一刀劃在樹材上，完美的船型緩緩被雕塑出來。

而我，雖然已三十一歲，但接觸達悟文化，我就像三歲左右的達悟孩子一樣，處在白煙、雪花中，看著長輩們往前行。

此時，太陽高掛在頭頂上。住在鄰近野銀部落的馬然騎著車，送來一鍋現殺現煮的鮮魚湯，鍋裡的配料是一條鮮魚、薑絲和水。

剛開始我有點不好意思吃，但看馬然們吃得爽口，我也舀起一口魚湯，當下我覺得非常幸福。能夠在荒野林間享用這般美食，似乎有種難以解釋的魔力：魚身的色彩，在綠意裡不經意地鮮明，彈牙的魚肉在舌間跳舞，鮮甜的湯頭，我始終難忘。

美中不足的地方，是大家手上拿著現今禍害環境的凶手——免洗碗。有別於過去族人拿木器當餐具，現在我們也用免洗碗盛裝熱騰騰的魚湯。倒是幾位馬然已在自己的清湯裡加烈酒，他們的身體與地面愈來愈親近（已經醉倒在地上），且還責備這個酒怎麼這麼喜歡我。

我依然喜愛無添加任何香料的魚湯，那鮮甜始終留在我的味蕾記憶裡。

✉

每當船主邀請親朋好友一同上山砍伐樹材，船主的家人通常也會同時準備地瓜、芋頭、山藥、鮮魚及豬肉，當所有人回到船主家時，就能享用傳統風味餐。因為船主想感謝付出勞力的男士，謝謝他們抽空幫忙砍樹。

不過，現在的傳統風味餐也不像過去簡單樸實，例如燒酒雞（必備）、季節蔬菜、滷豬腳……會依個人的喜好做變化，每次的菜色數量也會多到街坊鄰居以為在辦小型活動。

男士們在幾杯黃湯下肚後，開始聊起一整天工作下來的瑣事，誰誰誰又在那邊偷懶喝酒、誰誰誰又亂鋸樹材不小心傷到板材、誰誰誰又自認自己很厲害在一旁指導，無止境的話題讓在場的所有人好氣又好笑，就連沒一起上山取材的親朋好友，聽到這些故事後也笑了，現場一片歡樂。

突然，其中一位馬然指著我，對我說：「我最欣賞你了……（接下來是一連串我聽不懂的母語。）這就是你的學習態度。」

「也沒有啦~馬然，大家也都在看你表演啊。（當時這位馬然是現場主要的教導者之一。）」我回應。

突如其來的被讚賞，讓我感到有點不好意思，可是我心裡的感受是很溫暖的。

好像我在這趟取材之旅，做對了某些事情，雖然也沒有人會告訴我答案。

註1：居住在台東縣蘭嶼鄉的達悟族人，他們在傳統上所製造與使用的船隻。

行駛在灰色地帶

——蘭嶼車子沒有車牌

「我剛剛去警察局問過，他們說今天沒有臨檢。」岳父說。

正在準備蓋房子的我們，因為缺少建材而打算開著小貨車到鄰近的村落向親戚借材料。

可是，車子沒有車牌……

「我們今天臨時開著沒有牌照的車子去拿建材，眼睛要放亮一點、要左顧右盼，因為最近警察都會在島上抓人。」

當開著無牌車的岳父這麼說，突然車後方就傳來嗶嗶嗶的喇叭聲。

「到底是誰那麼急著超車?路這麼寬，不會直接開過去喔？」

沒想到當我用餘光看著後照鏡時，「爸爸，完蛋了，是警察！」我急著對岳父說。

「蛤？你說什麼？」當岳父發現警察跟隨在後方時，他也慌張了起來。

「你們沒有車牌，還敢開出來！」警察用嚴厲的口吻，用手指指著我們，大聲說。

「趕快給我開回去！」警察更生氣了。

「唉～唉～唉，我們不要勉強了。還好他叫我們開回去，萬一被開罰單、扣留車子就更麻煩了。」岳父說。

當下體悟到島上的交通氛圍，真的不再像以前了。

✉

「各位村民，早安，在三月二十六、二十七日，警方將實施擴大臨檢，請各位村民不要騎乘無牌車輛上路、騎機車時切記要戴上安全帽、不要酒後駕車……」村辦公處用大聲公向村民們報告。

蘭嶼原本生活型態純樸，鮮少聽到警察攔截盤查、抓酒駕與未戴安全帽……更別說設置紅綠燈及測速照相機。

島上獨有的紅綠燈就是那些要過路的豬隻羊群、步伐緩慢要走進田裡的長輩們。長期下來，警方與村民的關係就像市場經濟一樣，有一隻看不見的手在維持其中的運作。

大家心中都有個底線，誰也不冒犯誰。

但原本維持已久的關係，因為近年來交通事故屢屢發生，致使警方不得不開始關心島上車輛的相關問題。

「這樣很為難我們呢，也是造成跟村民之間對立。」島上某個警察對我說。

「照這樣下去，你們可能都買不到蔬菜和魚了啦。」我笑著對警察回應。

人情與法規都一樣占據在他們心中，可見警察們也撒下屬於自己的情感種子，在這塊小島上。

「馬然，聽說最近警察都會在路上攔截未戴安全帽的村民。如果跟警察會車，他看見你沒戴安全帽，還會回頭追你呢。你們出門買菜或找朋友時要小心一點、眼睛要開燈，不然會被警察開單子。」我對著正在簽收郵件的馬然說。

「唉呀，以前蘭嶼就沒在戴安全帽的，也沒在臨檢抓人。現在的政府真要搶我們蘭嶼人的錢。我們沒錢、沒工作，生活又要顧，還要抓我們，真是的……」馬然碎碎唸。

這陣子，警方大動作攔截未戴安全帽的駕駛人、查扣無牌車輛等等，讓村民只是要去買個菜、找朋友，也都提心吊膽，深怕自己的荷包不保，一不小心就被警方打開了。

但事實上，警方取締違規駕駛人，也是他們的職責之一。只不過對於島上騎車安分保守的長輩，車速已沒辦法像年輕人一樣油門灌底直衝，當他們沒戴安全帽，就得繳出五百元的罰款，怎麼能不替他們感到心痛？

罰鍰金額雖然不多，但若拿來換算成保力達、檳榔，可也不少，這才是讓村民更心痛的地方：

「唉～五瓶保力達呢，就這樣沒有了。」

「唉～五百塊可以買好幾包檳榔，吃好幾天耶。」

蘭嶼整座島就像族人的家園一樣，從以往未曾有的守法觀念，直到現在，人人都得遵守配合，對於族人來說，真的需要一點時間適應呢。

「哪有人去海邊射魚，還要戴安全帽的啊！看了好不習慣。」我對著以往不用戴安全帽就可以去射魚的馬然說。

「你講到這個，我就很生氣，媽哩個逼勒！以前想去海邊射個魚都不用戴安全帽，現在呢？要帶魚槍和裝備之外，還得多戴一頂安全帽，就連嘎米嫡（指他的妻子）在海岸撿個海產都要戴安全帽，很怕被警察抓，現在的警察吼真愛找麻煩。」馬然說。

「可能警察擔心海產會跳起來撞到頭啦，所以要求你要戴安全帽。」我開玩笑地說。

「也沒辦法啦，既然現在警察都這麼嚴格取締了，我們老百姓也只好配合演出，多少也不要為難他們。只不過，每次從海邊上岸後全身濕透透，還要戴那個安全帽，安全帽就也濕了。乾脆我改天戴安全帽下海打魚啦。」馬然還真幽默。

這位馬然是我送信時很常遇見的。他身旁總是帶著妻子，無論到田裡耕作、到海邊抓魚，他們夫妻的相處模式就像熱戀中的情侶。雖然現在外出都得多帶兩頂安全帽，但還是抵擋不了他們前往海岸線談情說愛（他們夫妻喜歡一同到海岸邊找海產）的欲望。

✉

「小心前面有警察！」當我與村民會車時，如果發現對方未戴安全帽，我就會大聲提醒對方。

一聽我這麼說，村民的車速就會慢下來，然後停在路邊，像是在思考到底要不要看看是不是真的有警察，還是乾脆掉頭回家拿安全帽算了。

郵差因為工作的性質，所以出現在環島公路上的機率，比村民們都還要頻繁。我對環境上的任何改變與交通狀況，也都比村民們還要敏銳。

有幾次，在我行經通往郵局的中橫山路，看見有電線脫落，或有拋錨車停在轉彎處，但卻未擺放明顯警示標誌，我算是一個很小心騎車的人，但仍被嚇到，所幸沒有什麼大礙。我馬上趕緊將這些道路狀況轉發到社區平台，知會各個村民，提醒他們行經此路段時，要注意安全。

當然，當下若是我能夠即時處理的狀況，例如：碎石掉落在道路中央、樹幹躺在半路影響行車安全，我都會想盡辦法，將這些障礙排除。

在我心中，我總是抱持「如果我不這麼做，萬一真的有人因此而受傷，那是我最不想見到的啊。」

「嘎嘎（哥哥），你的安全帽借我一下，可以嗎？我想去小七買東西，可是有警察在前面加油站臨檢。」嘎米婻對著正在幫我簽收掛號的馬然說。

「好啊，我掛在車上，你拿去呀！」馬然說。

「阿悠伊（謝謝）！」嘎米婻非常感謝臨時借她安全帽的馬然。

「嘎米婻，妳等一下回來要多買一瓶保力達給馬然唷，因為他有借妳安全帽。」

我的話還沒跑到嘎米嫡耳裡，她已戴著安全帽，很有自信地騎過去給警察臨檢。

警方臨時設點取締的作為，似乎對於島上的村民有很大的影響。因為時常有長輩認為：「我就只是在附近而已，不可能會抓我啦！」然而，警方就憑這一點，在這一小段路程，攔截到許多未戴安全帽的村民。

我曾遇過同一個部落的年輕朋友，他因為準備前往隔壁村工作，但警察正好在取締未戴安全帽的騎士。他只好不斷地在附近徘徊，假裝看海，等警方撤點離去。

後來，我都已經送完一小區段的信件了，我看到他還是在環島公路上持續看海……

如果有戴安全帽的話，還需要這麼累嗎？

✉

「妳這個零件要修理的話，可能要花幾萬塊。妳再考慮看看。」修車廠老闆說。

「蛤，這台車我才買五六萬，你跟我說要修到一兩萬？我怎麼可能願意花呀？」車主驚訝不已。

「就跟妳說多花一點錢，買狀況好一點的車子，可以讓妳開比較久，也不容易出毛病，真的沒騙妳啊。」經常買車的村民如此建議。

「不要啦，買這麼好的車，我會很捨不得開，而且這裡的海鹽侵蝕那麼嚴重，我寧可花個幾萬塊，再買一台報廢車來開，也不想多花一點錢，買好一點的車。」正在考慮買車的村民說。

✉

蘭嶼的村民在購入新車時的顧慮點，非常有意思。

他們會從一定要買中古車、別買新車、盡量找十萬以下的車、能不能一車多用（意思是也要能夠當貨車使用）、轉手後還能不能有賺（當親朋好友有意願購買這台車時，車主也開夠回本了，再轉賣給他人）等等問題去考量，完全與在台灣本島的消費思考模式不同。在台灣本島的我們，大部分是考慮省油、好開、舒適等。

但在蘭嶼，幾乎可以說：「只要輪子能轉，人能夠到達目的地就好。」

去年，因為妻子的車子毀損程度已經不符合再次維修的價值，因此預計再購買一輛新車（在蘭嶼我們稱新車，在台灣本島我們稱中古車、二手車）。我們問了幾次車商，最後決定在台東挑選車子，再運回蘭嶼使用。

「蘭嶼的村民確實都比較喜歡十萬塊以內的車款，而且也希望是十至二十年這類的老車。」台東車行老闆對我們說。

「我已經有好幾位客戶都是蘭嶼村民，像是某某某幾天前買了一輛八九萬塊的車，才剛運過去，不曉得你認不認識？」車行老闆繼續說。

「村民怎麼不寧可買好一點的車呢？」我心裡仍有疑惑。

「主要是價格便宜。再說，像這種十幾年、幾萬塊的老車對於車主來說，認為沒有開個幾年就覺得回本了，隨時都可以換下一台車，所以大多的村民都偏愛這種車款。」車行老闆進一步解析離島村民購買車子的考量點。

「不過，有一點我們必須先說清楚。通常在台灣本島購買中古車，我們車商都會給予幾年或幾千公里的保固維修；但在離島的話，就沒這項服務。」老闆補充。

車商清楚表明「對於在離島保存車況的環境，有著很大的不信任感」。但身為蘭嶼村民，有誰會希望是這樣呢？

理當車廠老闆都希望推銷好一點的車款給村民，讓他們在行駛上比較安全，也開得比較久。但在經濟市場上又是另一回事：當需求者所需要的商品是偏好低價、能開就好的車款，相對於身為供給者的車商們，就寧可去迎合需求者所偏好的車款。

有一陣子的蘭嶼，大量存在著無牌的報廢車。那些報廢車被低價販售給村民，導致一有交通事故，不但難以追查，且廢棄的車輛也隨意被丟棄。

在這樣的惡性循環之下，也只是讓村民處在危險的邊緣。

✉

「你有要把車牌拿掉嗎？」

「趕快把車牌註銷掉，不然還要繳錢。」

「把車牌拿掉了啦，在蘭嶼幹麼掛牌照?!」

「有沒有便宜的報廢車賣我？」

在蘭嶼還沒有嚴格取締無牌車時，很常聽見村民議論要將車牌註銷，當報廢車輛使用。

即便政策對於離島的燃料稅與牌照稅有特別優待，但仍無法對村民產生誘因。主因是大家普遍認為車子很容易壞掉、島上的維修費用不便宜，還得加上賦稅的開銷，簡直是讓村民荷包再度被打開第二次。

針對燃料稅、牌照稅，只要有車、有排放廢氣、有使用道路者，都應對環境有保護的責任與義務，所以收取該稅是滿合理的一件事。

但在離島地區，感受卻大不相同！村民要面對的是有海鹽侵蝕的環境、不妥當的停車位、道路狀況也不理想，種種原因迫使村民寧可走向法律灰色地帶。

或許有人會說：「如果擔心車子的費用開銷，幹麼還買來使用？」

就是因為想要有個能夠遮風避雨的車子，能開去上班、送孩子們上課。若不是為了這原因，當然也曉得買車就得負擔應有的稅金。可是想想購入後的車子所處的環境堪憂，內心的平衡感又無法達到妥協（指付了稅金，也無法改善現有的狀況），於是有些人寧可拿掉車牌，駕駛無牌車上路。

這種狀況有點像在台灣本島承租違建的住宅一樣，承租人也只想有個落腳處休息就已經很滿足了，已不在乎到底是不是一間危險的住宅。

當我們最基本的生活條件都無法被滿足，還讓人能夠期待什麼呢？

✉

「馬然，你的車子呢？」我問以載貨為職業的長輩，因為已經有好一陣子都看見他與太太在島上騎摩托車。

「唉，上次因為沒有牌照，被警察扣走了啊。」馬然無奈。

「怎麼會這樣？那你的工作怎麼辦？」我也替他感到難過。

因為當我在港口搬運包裹時，都會看見這個馬然帶著老婆、孫子一起工作。馬然和他太太都五六十歲了，但仍得整天搬一卡車的家電和貨物。

在路上，若他車開在我前方，他都會將手伸出窗外揮揮手，叫我超車。現在他貨車沒了，失去工作機會，我也無法再看見他讓我超車時對我的禮讓笑容。

村民所要面對的，不單是交通違規上的問題，他們的主要生計也會受到影響。

在蘭嶼除了空運、海運之外，還有陸運。

小島上的陸運都是由村民擔任自營業者，也都以貨車為主。他們接受其他村民的委託，從港口將貨物配送至住家，有點像台灣本島的宅配到府一樣。然而，目前只有少數幾家業者在做這種承攬載運，而每當旅遊旺季，他們經常在黑夜裡送貨，辛苦的程度一點也不輸給正港的郵差。

有好幾次，當我們郵差在搬運包裹時，這幾家的陸運業者也會一起幫我們將包裹以接力方式傳到郵務車裡，讓我們省了不少時間，真的非常感謝他們。

但警方擴大取締無牌車後，沒車的沒車、失業的失業，也有少部分村民為了維持經濟收入，想盡辦法要買到中古且有牌照的合法貨車。

「咦？馬然，這是你的新車喔？」我在港口又遇見上次被扣走車子的馬然。

「沒有啦，中古車而已！是拜託認識的朋友轉賣給我的，不然沒有工作，沒有錢啊。」馬然一臉無奈。

我很能從馬然的口吻，感受到他所經歷過的失業低潮，當時他幾乎失去所有的自信心。如今透過良好的關係，他終於買進一台能正當行駛在路上的貨車。我想，很快就又能在路上再看見他那招牌笑容。

✉

眼看平常不愛戴安全帽的村民們，都安分地戴起來，似乎已習慣頭頂上有樣東西存在，即便有些村民只是將安全帽先放在車上，以預防警察突擊檢查，但至少在還沒被攔查前，都還來得及戴上。

也陸續聽到台灣本島的車廠老闆說：「最近有很多村民拜託我們幫忙找有牌的汽車。」看來這場被村民視為來亂、痛恨的交通勸導，已有不同的效果發生。

或許這在本島的台灣人眼中，可能是一小步，甚至是平常不過的事情，但在沒有任何一座紅綠燈的偏鄉蘭嶼，卻是個嶄新的開始。

還有誰能幫牠？
——蘭嶼沒有獸醫院

「包裹在二十六號已經寄出，但現在都已經過了八天，卻還沒有收到，是要我親自去郵局領嗎？」一個村民在臉書上問。

當時是妻子截取他人的動態轉發給我。我馬上聯絡這位村民：「嘎嘎（哥哥），不好意思，因為天氣因素，海象不佳，導致貨船無法進來蘭嶼，因此郵局的包裹也沒有進來，可能要再等上好幾天呢。」

「可是我的包裹裡頭是藥品耶。前幾天，我的狗被人家騎車撞到受重傷，蘭嶼也沒有獸醫，我又無法出島帶牠去看診，只能請在台東的動物醫院郵寄藥品給我。」

「沒關係，到時候郵袋進來開拆後，如果有看見你的包裹，我就幫你挑出來。我下班後順路送到你家給你好了。」

幾天後，我在那數百箱的包裹山裡賣力翻找。哪怕是晚點下班，我也得找出來。

最後，我終於找到遲來的藥品，而飼主收到後，也總算心安了。

我們彼此訴說離島的不便，更何況是在急需的狀況下。

✉

俏妞（我們家飼養的吉娃娃）、大耳（表妹飼養的鬥牛犬）飼養的時間也有七八年之久，牠們的年齡相差不到一歲。

記得大耳剛到我們家時，整夜都聽見牠嗚嗚地哭。牠雪白的毛、大大的耳朵、圓滾滾的肚子，每個人看到都覺得好可愛呀。但長大之後，開始會亂咬屋內的鞋子、亂占地盤，表妹一氣之下會叫牠罰站，作為懲罰。我就會站在門邊偷看大耳，牠那無辜的雙眼斜斜看著我，彷彿在說：「你還不趕快來救我啊？」

而俏妞的到來，是岳母看到一個村裡的小女孩抱著兩隻剛出生的幼犬，到處詢問村民有沒有要養小狗。原本岳母要選的那隻小狗，不巧已經有人先選了，因此改選白色毛髮、頭型較圓、鼻頭有個小愛心的俏妞。

為了讓俏妞施打狂犬病疫苗，岳母還遠從蘭嶼跑到屏東找我們（當時我們在屏東讀大學），讓我們帶俏妞去動物醫院注射。

俏妞之後一直都待在蘭嶼，牠成了岳母去田地工作時的好夥伴。

俏妞是個有潔癖的女孩，坐下時都要找乾淨的位置，連睡覺也得鋪好棉被，但牠很小氣，有次大耳想要吃牠的飼料，俏妞直接咬牠的臉。明明兩隻是姊弟，卻還這樣。

俏妞經常用瞧不起的眼神看著大耳，或許覺得世上怎麼有這麼醜的狗吧！臉皮下垂、嘴角有擦不完的口水、鼻子又那麼短。光是想像大耳跟其他野狗打架肯定會輸，因為鼻子太短，容易被咬到臉。

大耳是非常外向的男孩。牠剛來到蘭嶼時，部落裡的老人總說：「怎麼會有長成這樣的小狗?!」我們都不曉得這是對牠的讚美，還是嘲笑，但看看大耳自在的模樣，牠可能也不想理會這些人吧。

在旅遊旺季時，身為體驗拼板舟教練的姨丈，經常將大耳帶到拼板舟上，讓大耳陪他一起與遊客滑拼板舟。沒想到，大耳的人氣愈來愈旺，連在馬路上坐下休息或跑到海邊游泳，都會有許多遊客想跟牠合照。

大耳成了部落裡的另類網紅。

但這些可愛的畫面，如今只能回味。

當大耳時不時到處嘔吐、不怎麼吃東西，表妹想將牠送到台東的動物醫院治療，卻卡在手上還有未完成的工作，無法脫身。表妹最後託朋友幫忙，將大耳帶到台東。

大耳在動物醫院接受治療，牠獨自在陌生的環境，鼻子插著呼吸管、身體虛弱地趴睡在籠子裡，但我們什麼也做不了，我們只能透過手機視訊，哭紅了眼。無法痊癒的牠，不久就在沒有親人的獸醫院離去。

一開始，我們都以為俏妞只是老化，直到發現牠的呼吸愈來愈喘、雙眼變得乾澀，看人時總是瞇著眼。

岳母原本打算帶俏妞去台東的動物醫院就診，卻碰上連續好幾天的東北季風，所有的航班都受到影響。

岳母坐船會暈吐，但她覺得不能再等下去了。為了俏妞，即使浪況不好，岳母仍決定隔天就搭船去台東，讓俏妞接受醫院治療。

卻沒想到，俏妞在那天晚上就走了。

牠們倆，相隔一年，都各自去了遙遠的地方。

✉

有一天，當我開車送信，看到路旁的嫩綠花草中，有一塊特別突兀的白色物體。

當車子愈靠近，那塊白色物體忽然展開翅膀，身體不穩地左右晃，似乎想趕快逃離現場。

我下車察看，原來是一隻受重傷的白鷺鷥。

但當我要把牠抱起來時，內心感到劇烈拉扯，有太多的擔憂浮現在眼前。我能夠帶牠去治療嗎？牠能夠好起來嗎？萬一我把牠害死了，怎麼辦？不管了，先救起來再打算吧。

但當我伸出雙手，牠卻更用力地往草堆裡鑽。當我再度伸手握住牠，我感受到牠身體傳遞出來的溫度。

牠一邊的翅膀看起來好像骨折，其中一隻腳好像也摔斷了，傷口上的血凝滯在潔白的羽毛上。

被我雙手握住的牠，不再惶恐。

我猜想可能是我先前不斷安慰牠：「你別再亂動了，都已經傷成這樣。」牠應該能感受到我的善意吧。

我隨即把牠放在副駕駛座位置。我擔心牠會因此失溫，關掉了我最愛吹的冷氣；怕牠嫌吵，我關掉了我常聽的音樂。

我想，島上還有誰可以治療這隻白鷺鷥呢？

我打給有在關注島上時事的民宿老闆，問他現在有沒有獸醫在蘭嶼，還是有可以幫忙治療傷口的人。

我聽見話筒一方的民宿老闆不斷地問周遭的人：「你們有認識的獸醫在蘭嶼嗎？沒有啊。那還有誰懂得包紮傷口？也沒有啊……」

「不好意思，我的朋友都說沒有，那你要怎麼處理呢？」

「沒關係，我沿路再找看看有沒有可以幫忙的。」

我在附近的地瓜田，遇到熟識的村民正在工作。

「馬然，我剛剛撿到一隻白鷺鷥，牠受傷了，你有什麼辦法幫我處理嗎？」

馬然沉默幾秒後，說：「那個沒有肉啦，不太好吃。不過，還是可以試看看。」

唉呀，我真覺得他好像誤會我的意思了。

「是喔，那沒關係，我再想想辦法好了。」

車子愈開，我的心裡卻愈沮喪。

我看著牠，無奈地說：「到底還有誰能夠幫你呀？」

✉

回到郵局後。我把白鷺鷥安頓在紙箱內，再放上一小杯的水，想讓牠好好休息。我回到房間午休，但卻無法不繼續想著受傷的白鷺鷥。

最後，我決定，還是忍痛把牠放回大自然吧。

選擇我最喜歡的中橫山路，那裡有一處夾彎，擁有美麗的海景，可以俯瞰整個漁人部落，也是觀賞日落的好地方。

我輕輕地把牠放在平坦的草堆中，唸唸有詞，希望牠好好走。

我真的感到非常愧疚。把你從路邊救起，卻沒能醫治好你。

在沒有任何一間動物醫院的蘭嶼島，我盡力了；給你——最後的擁抱。

殺豬祈福

——我從洗豬腳開始

「剛剛船主邀請我明天過去幫忙殺豬，可是我要去工作，沒辦法到場，你可以代替我去幫忙嗎？」岳父問我。

「好啊，那我有要帶什麼嗎？」我問。

「你就拿廚房裡的鋼刷或湯匙過去幫忙除豬毛就好了。」岳父說。

✉

住家附近的村民添購新的機動漁船，依照蘭嶼傳統文化，要用活豬當作祈福儀式的象徵物，於是船主家買了好幾隻從台灣運過來的養殖豬（註1）。

在台灣原住民族群裡，使用「活豬」作為儀式性象徵物的情形非常多，譬如在排灣族中的五年祭與豐年祭，就常見在儀式中宰殺活豬，並由村落頭目領袖、巫師代為主祭。此外，村民家中不是只有喜事，有喪事也可以殺豬，例如兒女考上好學校、從傷病中康復、喪事百日紀念……依據不同族群文化，各有其用意。

在舉行前，必須親自到想要邀請的親朋好友家，正式邀請對方。

這種邀約形式不是我們現代認知的發邀請函或傳送訊息而已，而是一種關係上的緊密連結，因為可能是好幾年沒見的老朋友，如今碰巧有這場儀式，而當邀請對方時，收到邀約的老朋友一定會心想：「原來你還記得我。」

「你不要一直洗那個豬腳。洗這麼乾淨，我們會誤以為那隻豬腳是你要的。」當我用鋼刷刷洗被燒過的豬腳時，一旁的馬然突然對我說。

我還來不及回答，謝天賜姨丈緊接著問我：「人家邀請你來參加殺豬，你怎麼沒有帶刀子過來？」

「我沒有自己的刀子啊，所以爸爸才叫我帶鋼刷和湯匙過來幫忙除毛。」

其實，岳父是放不下心讓我獨自前往。他怕我會成了其他人的絆腳石，但又擔憂我會被其他的長輩用嚴厲的言詞教訓，因此讓我拿鋼刷、湯匙，做一些簡單的事。

✉

「阿公，我想要有一把殺豬用的刀子。」我打電話給遠在屏東山上的排灣族爺爺。

「哈哈，你要做什麼？」爺爺笑著問。

「我最近在蘭嶼幫別人殺豬的時候，被笑說要帶自己的刀子才對，不是帶鋼刷、湯匙來刮毛而已。」

在我的請求之下，爺爺答應等我休假回台灣本島時，他會帶我去選購刀子。

當爺爺帶我前往他熟悉的刀具行時，我立即看遍店內所有種類的刀。我渴望尋覓出屬於我自己的一把刀。

在我的想像裡，「它應該要霸氣一點，好讓我在切肉時，受到他人注視。」「它的刀身得要長一點，可以讓我刺穿豬的心臟。」「它的刀刃必須更鋒利一點，可以在骨肉之間游移。」

「阿公，我想要跟你一樣，有一把很長很長的刀子，比較好看。」我對爺爺說出我心裡的渴望。

「太長也不好用啦！你過來看看這個怎麼樣。」爺爺帶我去看他早已為我預設好的一把刀。然而，我還是有點執著自己想要的刀。

「你說的是這一把嗎？」

那是一把刀身不到三十公分、外形不討喜、到底好不好用，感覺都備受質疑的一把「小彎刀」，完完全全跟我想像中的不太一樣。

我一直以為我和爺爺很有默契，結果並沒有。

「蛤？是這種的喔？」當下，我真心覺得爺爺在開玩笑。

「刀子太長，不太好用，也比較不好使力。真正在切肉時，也只有前面幾段有使用到，你拿這把比較適合。我也已經換了好幾把刀子，最後才發現這種比較實用。」

爺爺的建議，我放到心裡……只不過，我還是有點執著自己想要的刀。

「咦？不對啊。」當我手上拿著這把不討喜的刀子時，心裡突然頓了一下。

我怎麼會忘記爺爺是個「獵人」，從他手上經手過的山產（山豬、山羊）不勝枚舉，我不是更該聽進去他的建議嗎？

最後，我還是被眼前這位排灣族獵人說服了。我買下這把長得不怎麼樣的彎刀。

✉

「明天小忠哥哥的家要新居落成，他們買了幾頭豬，你有空可以過去幫忙，剛好也可以試用你新買的刀好不好用。」岳母熱烈地對我說。

那一把「長得不怎麼樣的彎刀」早已躺在廚房櫃子裡好一段時間，它等候著新的邀約。現在，我終於有機會可以學切肉，不再只是拿著鋼刷洗豬腳、刷豬身。

那天一到現場，我把手上的刀子放一旁。參與新福儀式的村民，早已開始對剛被刺死的豬進行「燒毛作業」（註2），等過一段時間，才會洗刷豬身、進行肢解。

當大家共同完成洗刷作業，乾淨金黃的豬靜靜地跪趴在夾板上，等待著有能力獨力完成肢解的長輩前來動刀。

「熟練的姿態、兩腳跨在豬隻上方；熟悉的刀路劃在豬背上，左手提著豬的頭顱，刀刃在頸部四周環繞，嘎一聲後，豬鼻朝向天空，被扔在一旁，等候旁人一起加入分工。」他是值得我學習的長輩——夏曼勇阿拉。

「偉駿，來幫我翻身一下。」夏曼勇阿拉說。

我很常在殺豬時，充當長輩們的小助手。如此一來，可以更近距離瞭解整個過程，有時還會學到額外的小技巧，例如刀身要如何進入皮下組織，才不會割壞裡頭的肉質、處理排骨時要在骨頭上劃上幾刀，才容易將它折斷、在傳統祈福儀式中，豬肉區分成幾種等等。

啪！一大塊帶著前腿的豬肉擺放在我眼前。

「這個給你切。」夏曼勇阿拉豪邁地說。

我心想：怎麼這麼好呢？嘎嘎（哥哥）是有聽到我的心聲嗎？還是，這次我自己有準備刀子，所以才願意讓我切。

「但這塊要怎麼處理？」我問起嘎嘎。

「用你的刀子從腿的下方劃一刀，順著把整隻腿骨切下來就好。但是，不是叫你去骨喔，不然沒有人願意只分到骨頭而已。」嘎嘎說。

於是，我用手觸摸豬腿的骨頭分布範圍，慢慢去感受肉與骨頭之間的距離，再用刀慢慢劃開。

此刻，我感受到被長輩重用，也讓我更有動力去學習肢解豬隻的傳統文化。

在處理這塊肉時，我始終沒有抬頭環顧四周，因為有太多人圍在一旁，盯著我看，我有些緊張、害羞。

我擔心在場的其他長輩不認同，不願意讓我練習切，因為我在他們眼中不但只是個年輕人，還是個外表看起來什麼也不懂的原住民。我真的很怕出糗，被人看笑話。

還好我所遇見的是「懂得分享、願意教導的長輩」，讓我在眾人面前更有自信學習。

「哇，偉駿，你很會殺呢。」表哥稱讚我。

「沒有啦，我正在練習切！而且我也是從洗豬腳開始的啊。」我回應。

對於是否要有一把屬於自己的佩刀，我至今還未得到完整的答案；但在某種程度上，我感覺得到那是一種「尊重」或是「我有準備」的意味。

而刀子在這場儀式中具有宣示性，表示這個人早有準備接受任務請託，因為不可能輕易把肉交託給一個什麼也沒準備的人。

✉

身分與文化背景都與蘭嶼達悟族不同的我，是來自於台灣本島的排灣族，每當參與村民邀請的殺豬祈福儀式時，我多少都會感受到謹慎和陌生。

即便在場的所有人，平時在簽收郵件時，我們都已見過面、談過話，可是像這樣的正式場合，還是會覺得有點不太一樣。

長輩們圍觀在一旁，看著前來幫忙的村民肢解豬隻，像是主人家重金禮聘評審到現場替他人打分數，加上他們很常用較嚴厲的口吻，教導年輕一輩的我們：「手腳快一點，切那麼慢。」「用力刷洗那個豬，是在幫牠抓癢嗎？」「那個嘴巴在動（指聊天），手也要有動作啊。」

這些或多或少都會影響年輕一輩想學習傳統文化技藝的心（不僅只有殺豬這回事，殺魚、捕魚也是），更嚴重的，甚至會讓年輕一輩感到卻步。

但幸好也有幾位我熟識的年輕人、家族長輩一同參與，我很常靠近他們，請教他們有關蘭嶼的文化。

蘭嶼的長輩們會如此嚴謹看待殺豬儀式，是因為對他們來說，那是一件重要的事。他們擔憂豬肉被我們切錯、某部位的肉處理方式不對、把肉分類時，不小心將其他部位的肉混在一起，而這些都會耽誤整個儀式、流程。

「偉駿，在切肉的時候，不要直直的切。你又不是台灣人在賣肉。」馬然說。

但奇怪了，切肉不就是用刀子把肉切成塊狀、片狀嗎？還有需要考慮刀子的角度嗎？還是馬然只想雞蛋裡挑骨頭唸我一下？

「切斜一點、再切薄一點，我不是有跟你說嗎？」馬然顯然有點失去耐性。

只是，我始終不明白其中的用意是什麼。我嘗試將切肉的角度換成斜一點，但我覺得也沒有比較好切啊。

「爸爸，為什麼每次我去幫忙殺豬的時候，很多馬然都說我切肉的方式不對。到底是差在哪裡？」我一回到家，就問岳父。

「跟你說，以前的豬肉就是很珍貴、稀少，加上自己的親戚好友就一堆，何況還有其他村落的，所以老人家都會希望把肉切薄一點、切斜一點（看起來會比較大片），因為很怕到最後肉會不夠分給這些親戚好友。再來是這樣切下來，肉感覺上有很多、看起來也好看。同樣都是一塊十公分厚的肉，一塊完整沒切，但另一塊切成五等分（相當於每一等分兩公分），看起來就會不太一樣。」岳父細膩說明。

實際上，一隻豬的體積早已固定，只是在細切時，把豬肉的單位量切得更小。

原來是這樣啊，馬然很愛把祕密藏在心裡呢。

✉

「靠近你右腳附近的那一個，分給『他』一點好的肉。」在一旁的小叔對我說。

當時的我正在學習如何將切好的豬肉，分配給名單中的每一戶人家。

將處理完成的豬肉再做分類，有五花肉片（這是第一重要，在蘭嶼通常都拿來燻製臘肉）、排骨（這是第二重要，也是拿來燻臘肉用）、全瘦肉、半骨半肉、油質層豐富的肥肉，以及其他被切成較零碎的骨頭和豬皮。

通常第一步，會用五花肉片排列出名單總人數，再將其他種類的肉依序加入，這時就得考量「每一塊肉的大小和種類」，否則會有「他看起來很少」、「他看起來很可憐」的情形發生。

主要是前來幫忙的村民所切下來的分量大小有所不同，甚至有時候因為酒喝多了，開心過頭，不是愈切愈大塊，就是愈切愈小塊。

從這一點也可以看出，族人對於每一戶的分配量都是平等對待。

「偉駿，我想用好一點的肉，跟『他』換豬尾巴，因為豬尾巴炒起來脆脆的，很好吃。」夏曼勇阿拉說。

「可是你已經拿了好幾條的尾巴了！」我說。

「沒關係啦，很多人不太喜歡吃尾巴。」夏曼勇阿拉說。

看來這位嘎嘎夏曼勇阿拉對於「豬尾巴」情有獨鍾啊。

「當你有被分到豬肉的時候，一定要馬上拿回家裡，讓家人知道誰邀請過你。甚至有時候對方會給你大份一點的肉，來表示對你有恩、感激你曾經幫過他，因此用這樣的方式謝謝你，所以你得回家告訴家人這件事。等到下次有機會回禮時，也要記得他曾經對你的好。」岳母說。

✉

「謝秦道馬然今天來家裡邀請你參與明天的新船拜拜儀式，他說因為你有去幫他採拼板舟的材料和船體雕刻，所以明天的豬肉有算你一份。」岳母說。

剛下班回到家，就聽到這樣的好消息，看來我又有機會可以練習切肉了，而且這次是十幾隻、十幾隻、十幾隻耶（很重要，所以要說三次）！

這也是我第一次在蘭嶼被正式邀請參與祈福儀式。

清晨的路燈比日出還耀眼，新造好的拼板舟停放在住宅前方空地。我看見大家手裡抱著芋頭，走向馬路。芋頭已排列成一堆又一堆，數量多到必須排到下一條巷弄。

這些芋頭是船主在前一晚就先把它堆滿在船裡。芋頭遍布整個船體，實在是非常壯觀，象徵著「承載著豐收漁獲，為這艘船祈福」。

但當時的我還在狀況外，也還不瞭解完整的儀式流程。

我手裡握著「長得不怎麼樣的彎刀」，問身旁的馬然：「現在不是要先殺豬嗎？」

「沒有啦，要先分掉這些芋頭，之後才開始殺豬。」馬然說。

「那地上的芋頭怎麼有分綠色葉子跟沒綠色葉子的？」我又問。

「有好幾個帶綠色葉子的，是要分給外村的親朋好友；沒帶綠色葉子的，是給本村的，這是蘭嶼的另外一種區別方式。外村的親朋好友，我們通常會給比較大顆、賣相好一點的芋頭，讓他們先拿走，畢竟他們遠從其他部落騎車過來，實在是不好意思麻煩他人。」馬然說。

我默默地轉身回到家，把刀子放好，開始尋找要裝芋頭的袋子，但心裡仍想著：怎麼還不趕快殺，我等一下八點還要到郵局上班啊，我的豬、我的豬、我的豬～

當大家把路面上的芋頭打包後，在一旁拿著鉤子、刺刀的長輩說：「開始上工。」

就像大家早已說好似的，每個人都謹慎地從刀鞘、報紙、車廂拿出準備好的刀。有專門肢解、切肉片、剁大骨的等等。完全不需要細分誰切什麼、誰做什麼，大家都會看見彼此手上的刀，也瞭解他人是要做什麼事。

「用棍子把豬的上半身撐起來，待會兒會比較好刺到心臟。」一旁的年輕人說。

「不用啦，我等一下站在籠子上面，用鉤子鉤著豬的下巴，牠就會站起來了，而且牠比較不會發出聲音。（鉤子將豬的下顎完全緊貼於上顎，所以無法發出叫聲。）」熟練的小剛哥哥開口。

後續的場面愈來愈血腥，馬路、牆壁、電線桿、我們的手腳沒有一處不沾染血痕。豬隻被族人刺中心臟時，瞬間的疼痛讓牠們在籠子裡掙扎亂撞，並且發出悲慘的叫聲。近看時，還可看見牠們的嘴巴叫到已有白煙出現，這樣的場景持續數十分鐘。

每當男士們刺殺一隻豬後，又繼續前往下一個籠子刺殺。若沒有一刀斷氣的狀況，還會補幾刀，直到豬隻完全倒下不動為止。

「你們這些年輕人還在等什麼？趕快把豬抓出來啊！鉗子拿給我，我來把鐵絲剪掉，把牠拖出籠子殺。」姨丈宿醉著說。

姨丈勇猛的英姿令人不得不佩服。他徒手抓著豬隻的後腿，奮力把重達百來公斤的豬拖出籠子。

我一度懷疑這樣的抓豬方式不可行，甚至害怕豬會跑掉。

幾位青年見狀，上前幫忙壓制亂動的豬。突然一把鋒利的刀，瞬間插在豬的心臟部位，那淒慘、撕心裂肺的叫聲在數人壓制下，又再一次在巷弄裡流竄。

路面上的血漬愈來愈大片，為了避免豬血流到鄰居家門口，幾個年輕人拿起水管來沖刷地板。十幾隻豬被刺殺後，拖出籠子外排列。

「豬的頭要朝向海邊。」在一旁的長輩提醒大家。

（因為太陽是從東邊升起，剛好東清部落位在島上的東方，因此長輩才要我們這樣擺放。太陽上升意味著新的開始、好的開始，夕陽則相反。）

「唉呀，不太敢看這種血腥的場面，那些豬淒慘地叫又很可憐。」部落年輕的女孩摀著眼說。

「我以前也覺得很可怕、很殘忍，光是清晨聽見好幾隻豬同時慘叫，都睡不著了。

「但是，聽蘭嶼的長輩說，當拿起刀子，準備刺向豬的要害時，絕對不能帶著可憐、憐憫牠的心境，甚至豬待在籠子裡的那幾天，也不能跟牠說『你很可憐』這種話；畢竟牠是拿來當成祈福儀式的象徵物，得用祝福及感謝的心來面對牠。」

因為族人相信牠的到來，能夠換來更多的好運氣。

✉

「前幾天，我帶著自己的刀去參與別人邀請的祈福儀式，那種感覺不太一樣呢。」我對著前來郵局領郵件的謝天賜姨丈說。

「本來就是要這樣啊，不然你兩手空空是過去拿肉的喔！」

如果一直秉持著岳父那一句「你拿湯匙或鋼刷去就好了」的話，顯然是把自己小看了些。雖然我知道岳父是替我著想，但我也得去突破環境與他人設下的思維與格局。而自從有了一把屬於自己的刀子後，我才意識到，原來我不只有帶鋼刷和湯匙的功能。

註1：台灣養殖的豬有別於在地蘭嶼的豬種，野味沒有那麼重、身體上的瘦肉分布較平均。相較於蘭嶼的養殖豬或野豬，野味較重、肥肉分布較多、身體的紋路花色偏向多樣化，但時不時也會跑到高處看海，挺可愛。

註2：早期是採用乾燥後的枝葉來進行火燒，現在改用瓦斯噴槍。將整片豬隻火燒，清理毛髮，並且讓表面的皮膚烤至硬度適中，事後比較好用工具刮除表面更細微的毛髮。太硬，容易讓皮膚裂開，肉的外觀會不好看；太軟，則是無法順利將毛髮取下。

毛小孩
——郵差被狗追咬

「你當郵差要小心呢！蘭嶼的小狗都還不認識你。」族人叮囑我。

「不會啦，我會跟牠們好好相處並且培養感情。」我說。

但其實我心裡是想：「牠們應該沒這麼可怕吧？」

在郵局午休後，烈日辣辣地照在眼皮上，我用手掌向上遮擋，卻仍有光線透過手掌縫隙游移，就在我準備上車前，一個念頭竄到我心裡。

「來突擊檢查車底下有沒有小貓、小狗躲著避暑，以免待會兒車子發動後壓傷牠們。」

沒想到我探頭一看，竟然有隻小黑豬躲在車底乘涼。

牠是從豬圈偷跑出來的嗎？實在忘不了我倆深情對望數秒。

當我拿起手機，準備拍下這美妙的一刻，牠卻用那種「怎麼了嗎？我有做錯什麼事？」的表情看我。

「好嘍，該起來了，趕快回你家吧。」

我還遇過村民將巨大的綠色蜥蜴帶出來曬太陽。我默默摸著鼻子緩緩駛過。

（媽呀！蘭嶼什麼物種都能出現。）

✉

其實，我一直認為狗是郵差最好的朋友，即使牠對我怒聲低鳴，示意我別再向前一步，但我仍然相信牠不會攻擊我。

有次在紅頭部落送信，我將機車停在巷口，逐一從信籃裡揀出接下來要投遞的郵件。當準備走到第一戶時，隱約聽見低沉的怒氣聲，但卻沒看見是由誰發出，在我準備更接近門口放信時，我頭一轉，才驚覺原來機車後方趴著兩隻成犬，正惡狠狠地盯著我看。

是我身上的菜味太重，才引來牠們注意嗎？

下一秒，名字叫綠茶的狗對我張嘴狂吠，另一隻較為平靜的多多，看到同伴都凶起來了，也跟著一搭一唱。

原本安靜的巷子，忽然被牠們倆搞得熱鬧起來。幸好飼主有用繩子綁好，不過看了看，總覺得哪裡不對勁。

「啊～哪裡有綁繩留這麼長的呀！幾乎跟沒綁一樣。」

我只好在遠處喊著門牌號碼：「八十五號掛號。我怕你們家的小狗會咬我，麻煩出來幫我簽收。」

而同一條巷子的隔壁鄰居所飼養的狗也因為綠茶、多多的叫聲，出來湊熱鬧。

飼主一聽見自家毛小孩在狂吠，也走出家門。

「八十七號，這邊也有妳的掛號，幫我簽名一下。」我說。

唉唷～多虧你們這幾隻毛小孩狂吠，收件人才出門前來簽收掛號，不然我都得喊半天才會被聽到。

然而，並非所有的毛小孩都乖乖被綁著。

有一戶住戶位置較偏遠，附近沒什麼鄰居，也常不在家。早期剛進郵局，我最害怕送這一戶，甚至要騎機車上去之前，心裡都會想著千萬不要遇見那三隻小狗。

有一次，我看到戶外沒有躺著任何一隻狗，心想還好牠們都不在，不然我又得跟牠們釘孤枝，但當我伸手將信件投遞到床鋪上，床下卻忽然冒出一隻正張大嘴的狗，幸好我身手敏捷，在那幾秒鐘，迅速閃躲。

送完信，轉身準備走向機車，沒想到這隻狗又叫了其他兩隻狗前後包夾我。我無法閃躲了，只好用軟性的方式，跟牠們培養感情。我放低姿態，用手去摸其中一隻。天啊，狗一點都不領情，牠用力咬破我的褲子，還留下齒痕。

我趕緊將車子發動離開。幸好衛生所就在附近，我擔心自己染上狂犬病。

醫生看一看傷口後，認為沒有想像中嚴重，但對我說：「你們郵差真辛苦，要送信，又要被狗追咬。」

感覺這句話比開藥來得有效，真想請醫生直接對著我的傷口多說幾句「療傷話」，或許傷口會更快好。

✉

如果想要跟島上的狗狗們混成好兄弟，第一件事是要把牠們的名字記下來。

在漁人部落有一對很討喜的毛小孩，毛色一黑一白。當我每天早上要去機場接郵件，牠們倆也會一起出沒在前往機場的路上，因為牠們倆要跑去機場內吹舒服的冷氣。

不過，有幾次當我要去這一對毛小孩家投信，因為牠們對陌生人仍懷有警戒心，所以只要嗅到陌生人的氣味，就會激動得竄出來狂吠。那時，屋裡傳來：「牠們不會咬你。讓牠們聞聞你身上的味道，就會記得你。」

但說真的，當下不要說是聞味道記住我，當這兩隻狗狗在我胯下嗅來嗅去，若說我心裡無一絲害怕，是騙人的。

不過我試著鎮定，想起之前我已經問過飼主好幾次這兩隻狗的名字，心想趁牠們倆往我這衝來時裝熟一下，結果我把我所認識的英文名字都叫過一輪，卻還是沒有叫對一個。

我蹲下身來，摸著兩隻狗的頭，問：「你們到底叫什麼呢？」

嘎米嫞在一旁重複說：「黑的叫 Roger，白的叫嚕嚕米。」

原來我把 Roger 叫成 George，難怪當時牠對我狂吠著衝上來，而 George 是另一位村民的名字。

除了要熟記狗狗們的名字之外，也得看情況喊出牠們的名字。

東清部落有隻小狗，時常出沒在東清海灣附近，牠主人的家就在海景第一排。旅遊旺季時，灘頭上都會有體驗拼板舟的水上活動，吸引許多網美在這裡打卡拍照、看日出。

某日，灘頭上的拼板舟教練喊著：「小姐走開，去旁邊一點。」

網美們看了教練一眼，默默地將身子往一旁移動。

教練笑著說：「我不是在說妳們啦，是旁邊的黑色小狗，牠叫『小姐』。」

在另一個部落，有位外表看似嚴肅的村民，突然在簽收掛號時，對我說：「你以後去那家送信時（用手指著），不要亂喊『兩百號有掛號。』

「我怕到時候那隻叫兩百的小狗會跑出來找你。」

我聽完後，不太相信。隔天，我特地繞過去。恰巧飼主不在家，於是我偷偷喊：「兩百！」果真，這隻黑狗對我搖尾巴走過來。

✉

回頭想想，雖然我覺得狗不會主動攻擊人，但我原本對狗並沒有太多情感。

小時候養過幾次狗，不是被車撞死，就是被人毒死，直到妻子家有天領養了一隻吉娃娃，牠的名字叫「俏妞」。

俏妞很常在我看書時，趴在房間門口望著我，還時常偷偷用「滑」的，移駕到我身旁翻肚討摸。

俏妞真的很乖，也非常了解家裡的每個人，例如每當岳父下班後帶著「酒氣」返家，牠就會待在樓梯口高處望著岳父，甚至會躲到我房裡，一直到岳父熟睡後，才肯回到岳父的身旁入睡。

跟俏妞相處七八年後，開始改變我對狗的想法。

我想著，狗就像三歲的小孩，三歲小孩能有多少智慧，又能明白多少事？我曾在俏妞洗澡後，要用吹風機幫牠吹乾，牠卻跟我鬧脾氣，躲在牠的「大同電鍋」屋子裡。三催四請，牠一直都不出來，我很怕牠會發霉。

我想用手抓牠出來，卻被牠咬了幾口。我火也上來了，忍不住罵了牠。但罵了牠後，我坐在一旁反省。我何必跟個三歲小孩吵架呢？牠就真的只是個小孩。

✉

有陣子，我和擔任幼兒園老師的妻子很難得的可以一起上下班，通常我們會先到海邊放空一小段時間，再一起回家。但有一天，我對妻子說：「我們還是早點回家好了，因為俏妞這幾天不舒服。」

當回到家，俏妞搖著尾巴迎接我們，我和妻子異口同聲：「咦？俏妞，妳好了喔？怎麼那麼開心呢！」

但後來我們吃晚餐時，俏妞卻開始抬著頭呼吸，且呼吸得非常急促。妻子飯也不吃了，趕緊去看俏妞怎麼了。我聯絡認識的獸醫朋友，告訴他俏妞的狀況。

「抬頭式呼吸，加上嘴巴、耳朵發白，明顯是呼吸困難，年紀也已經不小，飲食習慣沒忌口……趕緊把牠送到醫院吧！我怕牠撐不過今晚。」獸醫朋友急著說。

「但蘭嶼沒有動物醫院耶，還是明天我看能不能搭飛機送出去？」

「嗯……多陪陪牠吧。」獸醫朋友最後建議。

約莫七點半，樓上陽台忽然傳來：「媽媽，俏妞很像死掉了……」（伴隨哭泣聲）我們立刻跑上樓，岳母把俏妞抱起來，說：「我就知道妳要走了，所以我這幾天都待在家裡，不去山上。」

實在很難相信，明明幾分鐘前還跟我們討著要摸肚、抓癢，但幾分鐘後，卻像沒電的布娃娃。我一直記得妻子不斷地說：「俏妞真的走了嗎？真的死了嗎？」

還在別村應酬的岳父，聽到寶貝俏妞走了，他急忙趕回來。半夜，岳父用箱子把俏妞裝好，放在客廳的沙發旁。

岳父說要好好陪俏妞睡覺。他還有好多話，要對俏妞說。

✉

清晨五點，我們帶著哭腫的雙眼，來到預設好的墓地，那裡也是「大耳哥哥」（表妹先前飼養的鬥牛犬，已去世）埋葬的地方。

我跟岳父拿著鋤頭，賣力地將坑挖深。當岳父要將俏妞從箱子內搬出來時，岳父感受到俏妞「捨不得離開」，因為俏妞一直從岳父的雙手中滑落，掉回箱內。

岳父在俏妞的墓地旁用白色的石子排成一顆心，旁邊還放了一隻史努比布偶。我的岳父是個大男人主義者，卻在俏妞身上費盡心思，可見他和俏妞的感情極深。

到現在，我偶爾還會看著手機裡的俏妞照片，想念牠帶來的快樂。

若沒有與俏妞的這一段緣分，我可能也無法深刻體會人類對毛小孩那般呵護，甚至比疼小孩還疼的心情。

不，應該說人跟毛小孩都一樣，沒辦法去衡量。

達悟族文化

——放在心裡

「唉呀，親家公為何這麼急著向大家宣布你已經通過郵局招考初試了呢？」岳母問。

「萬一複試沒考過，豈不是壓力很大嗎？」岳母擔憂。

「再說我們蘭嶼的文化是『還未確定完成的事情』，是不會輕易說出口的。」岳母下結論。

✉

我父親對於我能通過初試考試感到開心至極，所以他在社群平台跟朋友們分享，我也很能感受到「我是父親的驕傲」。

之後，我也沒讓父親和爺爺失望，順利以台東區榜首正取，入局服務。這讓父親和爺爺又在朋友間炫耀自己的兒孫是個多麼會考試的人。

「偉駿，有好幾個官員都來到家裡贈送紅榜祝賀你耶。」父親說。

「哥哥，跟你說家裡的大門及整片牆壁都被貼滿了紅榜，就連側面也沒放過。」大妹特地打電話跟我說牆面的紅榜數量時，我有些吃驚。

「偉駿，恭喜你考上郵局耶！託你的福，我們才有機會來到你家白吃白喝。」親戚好友致電向我祝賀。

父親為了慶祝我考上郵局，特地在家中擺了八至十桌，和大家分享喜事，只可惜真正的主角（我）人卻在蘭嶼見習郵差職務，無法到場共同享樂。

「真正的主角都不在場，你們還真有辦法慶祝啊？」我對父親說。

「也沒關係啦，大家都開心知道你考上郵差的事情了呀。」父親說。

「我跟你們說，我這個孫子真的很厲害呢！他從眾多的應考人群脫穎而出，實在不簡單。」爺爺總在喝醉時向身旁酒伴驕傲地說著我的事。

至今，我入局將滿六年了，爺爺依然還是說著我的故事；家裡牆上的紅榜紙條也是等到褪色後，才將它逐一取下。

不同於台灣本島，對蘭嶼族人來說，愈是讓人開心的事情，愈應該低調一點。

「淑勤（妻子的名字），我們今日開心一下下就好，可以嗎？」

當妻子好不容易考取公幼教保員時，岳父遵循著傳統文化——「平凡的度過就好」，即便門口處也貼上紅榜祝賀，岳父也是在沒幾天內就取下。

✉

砰！靠北，完蛋了，我不小心撞斷馬然的飛魚曬架。

我像做錯事的小孩一樣，將目光移向後視鏡，看看是否有人發現此事。如果沒有，大不了下車將曬架重新擺好駕車離去……

好死不死主人家就站在一旁看著事情發生。（媽的，我這個剛來的菜鳥肯定要被馬然痛罵一頓。）

「馬然共（叔叔好），真的不好意思呀！不小心撞斷你剛做好的架子。」我滿懷歉意。

「咦，是你喔？蘭嶼的女婿。」馬然說。

「馬然，你今年肯定會釣到大魚。因為重量太重，導致曬架斷裂。」我立刻講幾句不失禮貌的暗語誇獎馬然。

「唉呀～自己人沒有關係啦。你以後倒車小心一點就好。」馬然放下嚴肅的表情，對我說。

從三月分開始，是每年蘭嶼族人準備捕撈飛魚的季節，因此能夠在各村落看見每戶人家所搭建起來的曬魚棚架，占據整條巷弄。

「你騎車送信的時候，千萬別隨意穿越人家的飛魚棚架，這在蘭嶼是一種迷信。」

「當架上掛滿漁獲量，我們人若行走在下方或在四周徘徊，從遠處看，是不是很像漏網之魚呢？而這也意味著這戶人家出海捕魚時，會少捉到這幾隻。」族人長輩對我說。

因此，只要是在飛魚季節遞送郵件，我都盡可能避開棚架，再找個適當位置放入信件，或者是推著推車將包裹慢慢推入巷弄中投遞。（因為郵務車容易被棚架擋住去路，沒辦法每條巷子都能開進去。）

不過，飛魚季節期間也恰好是蘭嶼的旅遊旺季，遊客們很容易被架上的漁獲量美景吸引靠近。

「喂，別亂碰架上的飛魚。你們的手乾淨嗎？」

「也請別在漁獲下方處拍照，萬一打翻了架子，該怎麼辦？」

「啊咿係（感嘆的語助詞），真的會讓人瑪巴蘇利（感到生氣）呢！」

「你看齁～就跟你們說別在那裡拍照還不聽，乾淨新鮮的飛魚就這樣被你們弄髒了……」在棚架不遠處顧飛魚的男士們大聲說。

其中一個男士還緩緩走向遊客，指責他們。遊客們只能急忙撿起撒落遍地的飛魚，重新掛回架上。

「架上的每一條魚，都是我們連夜航行捕撈的，且都需經過繁雜的處理工序才有眼前甜美的收成。就跟你們說別亂碰、別靠近了還不聽！互相尊重沒辦法做到嗎？」族人說。

「實在是很對不起啊……」遊客道歉。

✉

「我們明天計畫要去爬紅頭山，你想一起去嗎？」烤肉攤的嘎米婻問我。

「好啊！我沒有去過，滿想去爬爬看的。」我爽快答應她。

「你問看看你岳母，她要不要也一起去呢？」嘎米婻又問。

「媽媽，烤肉攤的嘎米婻邀我一起去爬紅頭山，你想去嗎？」

「才不要，我只認識老闆娘，其他的人，我不熟。」

「可是我都已經答應對方了！而且我以為妳會想去……」

「要不然我幫你跟嘎米婻說你有事情沒辦法去，好嗎？」岳母看我有點為難，試著替我想辦法，向對方解釋。

「好……」

「Laiyu（我的排灣族名字）怎麼可以這樣？答應了，又說不去！」

「這樣的失約對我們很不好呢！好像是跟我們去了，會遇上不好的事情一樣。」烤肉攤的嘎米婻氣憤地說。（這有點像我已經意識到會發生事情，所以才取消約定。）

「唉呀，真的很不好意思，我的女婿還不太瞭解蘭嶼的文化，請妳就多多體諒一下嘛。」岳母說。

「好啦，也趁這個機會跟他說『在蘭嶼，別隨意亂答應別人』，至少要好好想過，再開口答應對方，這樣除了尊重彼此，也尊重我們的文化習慣。」嘎米婻說。

✉

「剛剛已經有跟新房子說，我們全家會出島好幾天，我也請一個親戚幫忙，請他在晚上時幫我們開家裡的燈（點燈表示家裡是有人的）。」岳父說。

「當我們舉行新屋祈福儀式時，要將白榕樹的枝葉（必須是嫩葉）懸掛在梁柱上，這樣表示期待著這間新屋子未來能夠像它（指榕樹）一樣枝繁葉茂。」岳父說。

「嘎嘎（哥哥），你的天花板掉下來嘍？」我問。

有次在朗島村落送信，我看見族人站在剛建好的屋子前方愣著，我因而問對方。

「呸呸呸！不要亂講話，我才剛灌好水泥不久，正在拆除板模和夾板而已。」嘎嘎說。

「喔，原來如此！真不好意思說出不好聽的話。」我對他表示歉意。

無論是建屋、造船還是日常生活，我都能夠體悟到蘭嶼族人對於任何事物都抱持著「萬物皆有靈」的信仰概念；當然，他們也相信大家常忌口的「看不見的東西」其實也存在。

除此之外，我們族人間都有個默契，那就是不太談未來，甚至是當天將要做的事情，就因為擔憂「不好的祂」會從中破壞或是讓整件事變得不順利。

然而，過年時家族親友聚餐，岳父都會在大家一片歡樂中，默默地盛上一盤飯菜魚肉，放在屋外角落。

「跟你說，當我們一家人都在開心時，那幾位已逝去的阿公阿嬤們其實也都在，而這一份餐點和菸酒，也就是讓祂們享用的。」岳父對我說。

這些都是達悟族獨特且迷人的文化，我正一點一滴的學習中。

這是我們的水
——像賭博一樣的山泉水

「河流那邊正在進行開挖自來水管線施工耶！」發現的村民說。

「很想趁現在去裝水管，之後家裡就可以有山泉水（註1）用了。」另一個村民說。

「唉唷，真羨慕家裡已經有水管的人，都可以早一點搶到很好的水源頭位置。」村民感慨。

✉

早期在蘭嶼還沒有所謂的自來水。所有的山泉水源頭都是靠村民雙手雙腳去尋找，而且位置都在非常深山裡，是個不太容易到達的地方。

山泉水對達悟族而言是非常重要的，它與族人、農作、文化、生活環環相扣。以前大部分的山泉水是用來「灌溉芋頭田」，只有少部分是流向集水區，供大家使用。

需要用水的人，帶著挑水器具（椰子殼或海洋廢棄物，例如浮球）來到集水區，再一桶一桶的提回傳統屋（地下屋）裡使用。

如果芋頭田沒有山泉水的滋潤灌溉，芋頭田的表面會呈現乾旱裂痕，之後長出來的芋頭會沒那麼好吃。

芋頭在蘭嶼扮演極為重要的角色，無論是達悟族飛魚季、小米祭、新造拼板舟、新居落成，通通都得用芋頭作為儀式性物品。

其實，山泉水並不簡單，它是部落男士們用勞力和心血換來的。它的存在就像土地、農作、族人所吸吮的奶水，甚至能說它也是文化的起源。

在飛魚季期間處理漁獲、平常洗衣洗菜……都得用上大量的水源，使用自來水又得要付費，但親自挖掘的山泉水不用啊，這等於可以減少額外的開銷。

因此，當東清部落（我所居住的村落）鄰近的河道正在埋設自來水管線，所開挖的溝渠不僅夠深，且擁有良好的岩石過濾層，重要的是有豐富的水源流經此處，因此村民們想把握這個開挖時機，紛紛各自拿起家中剩餘的水管材料，裝設在岩層中接水，還計畫著要先占到較好的位置。

至於沒有水管材料的村民就到處詢問，求助於他人或向當地的水電師傅採購。

當時我也為了家裡的水源去尋找材料，但跑遍平常投遞郵件時所熟識的店家、五金水電行，卻通通都早已被搶光了。

「再過幾天，可能就要開始進行溝渠填土，要接山泉水的人要趕快。」知情人士透露。

島上缺乏水管材料時，最終的辦法是從台東市的材料行叫貨，再運進來蘭嶼，但碰巧那幾日天候不佳，貨船無法如預期的班次航行，延宕了好幾天。

苦等幾天後，貨船好不容易進來，那時我也在港口迎接許久未進的包裹郵件。我在搬運郵袋時，看見整艘貨船，幾乎都是東清部落村民的水管材料，為的就是這次接山泉水的機會。

這次的水源地不同於以往，以往都必須跋山涉水才到得了，但就是因為鄰近，能省下很多精力與時間，所以把握這次機會的村民也特別多。

村民很開心自己期待的水管終於拿到了，馬上就用貨車將水管載運到水源地，準備施工。但沒想到有些村民的腳步更快，他們已開始接起黑色較長的水管（一捆約數十公尺長，比較容易拉進村子裡）。

「要接這種山泉水，就像賭博一樣。」在一旁調整水管的馬然這麼說。因為別看它岩石層有水流出，就認定會有綿延不絕的水，還是得觀察填土掩埋後的水流流向會不會改變、山泉水會不會乖乖地如自己設計的集水區一樣匯集水源。不要到時候水管拉到家裡的水塔後，卻沒有半滴水流出。

✉

當得知有機會可以接山泉水的時候，部落裡的男士們幾乎每天都在「接水區」待到太陽沉入大海。

一方面是擔憂遠從本島過來的水管材料被偷，另一方面則是擔憂辛苦所挖掘的水源會被別人搶走或亂更動。

雖然，基本上在蘭嶼的文化中，不是屬於自己的東西，其他看到的人都不會去亂拿，尤其是在路邊或海邊看見某個物品，如大型漂流木、特別的海洋廢棄物、鐵桶……被安穩的放著，或者物品上有放一根木頭、繩子，這些「記號」都代表「物已有主」。但總是在一旁守候著，比較放心啊。

那幾天，有一次我剛從郵局下班回到家，就看到岳父急忙地從接水區回來，正東翻西找工具箱裡可以鎖死水管的螺絲。

我心想，該不會他等一下還要摸黑回去拴緊水管吧？果不其然，真的是我想的那樣。「爸爸，我待會兒跟你去看水源好了。我也想知道在哪個位置，將來我也可以自己去看水。」

但，其實我是比較擔心他一個人在那裡淋著雨施工。

「一定是祖先看到我們當中有些人太貪心了，一次接走這麼多水源，不留給其他人，所以才下了這場暴雨。」馬然這麼說。

幾天前，我原本與岳父相約好週末一同去接水區施工，但一早卻不見岳父人影，原來岳父早已先去查看水管狀況，因為蘭嶼下了將近快兩個禮拜的雨，尤其是前一晚，還下得「特別勤奮」。我們都很擔心河道暴漲。

約莫早上九點左右，我到現場，看水流還沒想像中大，有幾位馬然也正在河道中央翻起石頭，挖出被掩埋的水管。

位在河道上方的岳父，準備去啟動現場的挖土機，試圖改變河水的流向，但突然發現上方的溪流暴漲，他大喊：「趕快離開！」但水已經像巨獸沖過來了，完全來不及使用挖土機。

而在河道裡，正彎腰工作的馬然們，沒意識到水已經沖下來，他們只聽到空隆空隆的聲響，以及附近模糊的大叫聲。那些夾帶大量沙土的黃水泥滾滾而來，差點將他們沖走。

「我轉頭一看，立馬用奧運短跑的速度，逃離現場。」在場的馬然說。

幸好大家都平安無事。

但站在一旁的長輩們，看著氾濫的洪水，不斷在沖刷自己的心血，心裡仍忍不住感慨。

「阿希（嘆氣），很心疼那些水管呢。」水管的主人在岸邊感嘆。

「那個底部都快被沖垮了，怎麼辦？」另一位水管的主人說。

「唉呀，我好不容易買了將近萬元的水管，就這樣要被沖走了。」水管的主人又說。

眼前還有好幾捆的全新水管位在河道中央，但原有的道路已被沖斷，雨勢依然勤奮地繼續下。

水管底下的土石地基，就像蛋糕一樣，被洪水一口接一口吃下肚。

「啊，我的水管流走了。我先去下面等等看。」馬然在岸邊奔跑，追趕他的水管。

可是水管已經被沖爛的卡在洪水中央，也無法拿回，他的心又再痛一次。

當雨勢逐漸變小，村民想救水管的決心也愈強大。

「弟弟，你去旁邊把鋼筋拿給我。」穿著蘭嶼消防隊雨衣的馬然對我說。

現場幾位長輩將鋼筋徒手彎成鉤子狀，在一旁等待被沖下來的水管。

此刻，忽然又有幾位馬然闖進洪水中央，他們步伐沉穩的踩在危險又未知的急流中，將水管用接力的方式傳遞到岸上。我們三五成群的排列在河道彎曲處，將鋤頭當作鉤子，如果上方的長輩漏接水管時，或許下方的我們還有機會接住。

「多虧大家的幫忙，我們家的水管才沒有被沖走。」岳父慶幸地說。

一捆一捆全新的水管，從彼此的手中安穩的拖拉到岸上。

隔天，部落裡的男士們帶著無奈與失落的心情，再度來到接水區。他們仍抱著一絲絲希望，有的拿著工具，有的用雙手開挖已被土石蓋住的水源與水管，想看看之前埋下的管線是否還在。

有幾位村民看見自己的水管安然無恙，開心地在河邊大喊：「我的水管沒事耶！」就像在絕望黑暗中點燃了一道微光。

後續「水管還在！」的好消息接二連三傳開，甚至有村民出動小怪手，將表層的碎石一勺一勺挖起，就怕傷到裡頭辛苦裝設的水管。

偶有幾位村民的水管並不樂觀，但大家也互相協助，若有多出水管的村民，就捐出來。頓時，我感受到這場大雨變得溫暖許多。

✉

山泉水需要很勤勞、很頻繁地去維護，它經常因樹枝、落葉、淤泥導致阻塞，而影響後段的出水量大小。因此，蘭嶼的老人家不管年紀多大，只要還能夠行走，依然可見他們在田裡與山徑的身影。

反而年輕一輩的我們，不再嚮往需要付出大量勞力與耗時的工作，只求愈簡單、愈輕鬆愈好。

或許你可問問身旁的族人朋友：「你們家的水源，你知道在哪裡嗎？」可能有一半以上都不曉得水源的來龍去脈。

也可以說，那已經是你不熟悉的地方了。

註1：蘭嶼有自來水，不過至今約有六成的民眾仍習慣接山泉水使用。

我想對妳說……給摯愛的妻子

「老闆，我們屋子牆面的粉光工程已經差不多了，接下來要做擋土牆。至於表面的青苔，可能要請你趕緊幫我們清洗掉，另外鷹架下的一包細沙土（約一噸）也要請你移到旁邊，因為那會影響施作路線。」泥作師傅對我說。

於是，我傳訊息給妻子。

「怎不提早說呢？至少我們可以在二二八連假時來這邊整理啊，你看現在都已經快天黑了，才說要趕工。」下班後，我和妻子雙雙來到那間正在蓋的房子，妻子有點埋怨。

「唉呀，我也是這麼認為……但我們還是趕緊動手吧。

「我先把清洗機接上水、電後，交給妳負責清理牆面，然後我再來剪斷木條上的鐵絲，這樣會比較快完成。」我盡可能快速地交代妻子待會兒要做的工作，因為時間有點緊迫。

現場只有沖洗機的運作聲響，還好天色不算太晚，不會干擾到附近的鄰居。

「妳要小心腳，不要被木條絆倒了。妳也要仔細看我剛剪下來的鐵絲，別被刺傷。」

我轉過頭來叮嚀妻子。

「好，我有仔細看。」妻子說。

✉

看著妻子疲憊的身影，我忍不住想著：為何只有我們非得搞到這麼辛苦呢？人家都已經下班在餐桌上享受晚餐，而我們卻還在這裡摸黑趕工。

「妳會累嗎？要不要先休息一下？我可以自己先做。」

「沒關係，我也想親手幫我們倆未來的家做清洗。

「而且如果我是房子，肯定會很開心。」

「那就好，如果妳累了，不要勉強自己。」

黑幕慢慢籠罩大地，眼前的視線範圍只剩下探照燈能照明的區域，我和妻子沒有太多對話。

妻子很瞭解我這個人只要進入工作狀態，就會安安靜靜地完成眼前趕緊要做的事。

而她也是。

反而我有更多的擔憂，我害怕她已在學校忙碌一整天，下班後卻還得來到工地趕工。不是說好，不能讓妻子吃苦，我要讓她當公主呀。

「唉，真的還好有妳來幫我，不然我可能要一個人忙到半夜。」擔憂妻子會撞到鷹架，我刻意與她拉近工作距離。

「我怎麼可能會讓你一個人獨自完成呢？我也會心疼你呀！你都已經這麼辛苦地送信，下班還要來做這些額外的工作。」

「妳也是。況且妳的感冒也都還沒好。」我說。

「哇，你看！我們已經快清洗完了呢。」妻子很雀躍。

「真的耶！現在幾點了呢？我們待會兒還有一包沙子要移位置。」

「馬然也真的很狠心呀，叫你一人獨自搬運這一大袋沙子。」妻子為我抱不平。

我們一起看著眼前約一噸重的細沙，異口同聲說：「這要挖到何時啊？」

但我們也沒有時間了，我們一心只想趕緊把這些師傅們交代的工作完成，好讓他們明天可以順利施作。

「我來鏟沙子，你用推車將沙子推過去另一邊堆放。」妳說。

「我來鏟啦！那麼費力的工作應該由我來。妳在旁邊看我表演。」我搶著說。

「不要啦！都是你一個人在做。你明天還要搬包裹，小心腰受傷。」

「開什麼玩笑？我才剛熱身完正要開始說。」

「嘖，等下回家就不要跟我說這裡痛、那裡痠的。」

「我剛才才挖個幾下都快累死了，但換你鏟沙子的時候，你連很喘的感覺都沒有。那一刻，我真覺得你是我最強的後盾耶。」妻子說。

我不只想當妳的後盾，我還想好好將妳捧在手心疼愛著。

無論將來的日子有多少試煉，我都會像今晚一樣，站在照明燈處，與妳一起面對黑暗。

✉

某次家中的兄弟姊妹們吃完飯後玩猜拳，輸的一方要洗大家的碗盤，結果妻子輸了。

「我來替妳洗就好。妳在這休息。」

「下次誰敢再叫我老婆洗碗，我就揍誰！」我對兄弟姊妹們說。

我算是滿疼惜自己的老婆。每天出門上班前，我都會早起為她做早餐、整理包包、插好吹風機等等，為的是讓妻子能夠睡晚一點，不需要這麼早起；就連她準備出門上班前，我都會先下樓發動車子，也將她當天要穿的鞋子擺放成可直接穿上的方向，妻子無須再彎下腰特別調整。

這是我一直在做的事情。

還有像是女人們最討厭的吹乾頭髮，我也一起包辦。妻子以前時常抱怨頭髮太長、太多，吹個頭髮都會手痠，於是我問她女生的頭髮要怎麼吹比較順、該怎樣塗上護髮油，才不容易毛燥。

我也才理解，怪不得之前每次約會，我都得在妻子家門口等上好一陣子，汽車的油表都已經掉了一大格。

話說，其實妳也不需要太多的化妝品點綴，因為妳本身就夠美了。

✉

「現在的你跟我大學所認識的簡偉駿差好多。」大學女同學對我說。

「我們很好奇，你老婆是怎麼教出像你這樣的另一半。」來蘭嶼拍攝紀錄片的女學生開口問我。

連妻子都問我：「你覺得跟我在一起後，有什麼改變嗎？」

坦白說，在還沒遇見妻子之前，我不太懂得如何愛一個人，直到某天，我們告訴彼此：

「我從沒想過，我們會在一起這麼久耶。」

「我還以為當時你喜歡上我，只是短暫的熱戀，類似半年就沒了的那種。」妻子說。

沒想到這一牽手，已經是十年的相戀之旅。

然而，有次大吵，妳說：「我不要你了！我要跟你分手！我要離開你！」我們那時吵得不可開交，我想肯定是我有錯在先，才讓妳這樣的氣我、恨我。恨不得將我抽離妳的世界。

「妳不要這樣子，我怎麼可能妳說分手就分手呢？」我安撫妳。

即便世上還有這麼多的人可以選擇，但妳、我的相遇，實在不容易，我很想珍惜這段感情，所以任由妳打罵都沒關係，我也不輕意說出分手兩個字。

待爭吵累積到某種程度，我發現其實妻子要的很簡單。

「在你每一次做事情之前，都應先替我想想。」妳說。

從此，體內沉睡已久的愛情因子被激發，而面臨絕種的新好男人保育類又增添了一位。

真的很謝謝妳，不單是我的伴侶，也是我這趟旅程的愛情導師。

自從有妳，也有了完整的自己。

老婆，我愛妳。

【後記】

從「我也想陪妳回去」開啟的浪漫

一場突如其來的家庭變故（母親罹患肺腺癌第三期），除了使我意識到不能夠再開口：「媽媽，可以轉五千塊生活費給我嗎？」我也決定之後的開銷由自己賺取。

某次參與學長姊們的聚會，在點餐時，我隨口問了梳著油頭、表情嚴肅的咖啡館老闆：「請問茉阿那（店名）是什麼意思啊？」

「喔，這是大海的意思。」老闆很慎重地回答。

「原來是嗨比亞（海邊，台語）喔！」我說。

老闆一頭霧水的看著大家，我想他心裡肯定覺得我們是怪怪的一群大學生。

不過身旁的學長姊們倒是被我逗笑了，只是他們也叫我別再亂說話，因為老闆真的看起來超級超級嚴肅，像是會把我們請出去的那種。

「請問這邊還有在徵工讀生嗎？」我問茉阿那咖啡店老闆。

「我會講八國語言喔。」在老闆還未答覆前，我又多加了這句玩笑話。

沒想到，老闆認真地跟我約時間面試。在面試當天，我向他坦承其實我不會八國語言，只會八個部落的原住民母語。老闆再次相信我，但其實那也是一場玩笑。或許是這樣的幽默開場，讓我與這位老闆開始結緣。

不過一直到正式成為茉阿那咖啡館的職員，我才曉得老闆之所以看起來如此嚴肅，是因為他曾經擔任國外高級飯店的主管。怪不得他總是嚴格要求店內的服務品質，例如當客人的刀叉不慎掉到地上，服務生必須能從聲響來判斷位置，並在當下決定該補哪種餐具給顧客。就連最基層的外場人員也都得緊盯在座的每位顧客，哪怕是客人在用餐時表情露出疑慮，或者想招呼服務生卻不太敢伸手，服務生都得自主性地向前關心。

在長期高要求的薰陶及自身學習心態強烈下，我很快成為店內的首席咖啡師；想築夢創業的種子，這時也悄悄潛入我的生涯規劃裡。而隨著在職場上獲得更多的成就感，反倒學業後期讓我感到枯燥乏味，也萌生想休學的念頭。

「就只剩下一年而已，把它念完好嗎？」家人及女友（現任妻子）不斷勸說，

我在大家的期望下，最後順利完成大學學業，且交出漂亮的畢業成績。

然而創業夢想持續在內心燃燒，當我認為在咖啡領域鑽研七八年的時間，差不多是該出來闖蕩而踏出第一步時，正逢女友剛考上蘭嶼公幼教保員，面對女友即將與我分隔異地，我感到焦慮，心裡

反反覆覆自問：「是不是上帝在考驗我們的愛情呢？」

「我可不想和妳分開。我想陪妳回去蘭嶼。」我對女友說。

就這麼一句電影情節才出現的浪漫話語，展開我人生從未想過的蘭嶼小島生活。

當女友家人得知我要和她一起返鄉，創業賣咖啡，就替我準備好販售地點及攤車設備，讓我感到非常窩心。這一份異地的溫暖，我特別珍惜。

「wave coffee 浪頭咖啡」是我的店名，現場只有規劃少許的位子，就連在部落騎車路過的長輩都會虧說：「唉唷~浪頭咖啡今天又客滿了啊！」明明就只有三個座位而已，有時候還是自己人充當客人前來聊天的。創業初期，店名時常讓蘭嶼族人感到困惑，頻問為何要選擇浪頭。

「浪中、浪尾好像也可以啊！」族人說。

我回應：「浪頭不僅是浪潮裡的峰點，它對你、我來說可能是個夢想，或者是一種機會。唯有能夠抓住夢想、把握機會的人，才能夠創造屬於自己的浪頭。」

只是創業賣咖啡的時間非常短，僅有六個月的旅遊旺季。不過，經由這次的經驗洗禮，我體悟到資金上的不足、沒有遮風蔽雨的店面……老闆還真不好當。

每逢大雨突襲，我都得趕緊放下手中的熱壺，撐開大傘、拿起備用的透明布簾籠罩整個攤車，為的是希望眼前的消費者能夠好好享受手上的熱咖啡。

儘管我再怎麼完善包覆，雨水還是會從隙縫中滴漏，不過令人感動的是，顧客總能夠體諒這一點。

雨一直下、風一直吹，當雨水高度淹沒腳板，愈克難的沖煮環境，我愈顯得堅強。我心中那股咖啡熱忱從未被擊垮過，它可是支撐我夢想的重要靈魂。

「東北季風逐漸吹向小島，我們夏天再見面了。」熟識的幾位商家這麼說著。

人潮宛如海水退潮，道路上的冷清是島嶼喘息的象徵。當東北季風吹拂，我仍舊固守著攤位，營業到十月十號。原本咖啡理當是煮給客人喝的，誰知道到最後自己喝得比客人還多。且有好幾天的日子，都是業績掛蛋收攤。

「那接下來呢？冬天我要做些什麼？」我問自己。

別的商家荷包賺得滿滿休息，我卻是連過冬的吃飯錢可能都有點困難。不僅短暫失業，也迷失自己。「拋開咖啡專業的我，又還剩下什麼呢？」我又問自己。

「去應徵代理老師？別鬧了，簡偉駿。」

「去應徵鄉公所聘僱人員？但好像少了點自由空氣。」

各種方式的剖析自我，最終剩下的只有「服務熱忱」。

從人格面來看，我的確比較外向。對不熟悉的事物，我會因為感到好奇想去摸索。

回歸於服務熱忱，我尋遍島內的相關職業，也只剩下郵差最適合我了。應考的科目也相對比較容易準備，於是我開始擬定讀書計畫。早晨讀書，下午鍛鍊體能。

寒風中苦讀的這半年，偶爾郵差會騎車停在窗外，呼喊隔壁鄰居的門牌號碼。若無人回應，就又會重新發動野狼，騎向另一戶住家，呼喊著門牌號碼。

我站在窗口，向外看著披著綠色戰袍的吳哥，內心想著：「可惡！他都這麼老了，怎麼還不退休啊？這樣我才有機會當蘭嶼郵差呀。」

「年輕人，聽你岳母說你想考郵差喔？我們台東今年好像有要招考約僱郵差呢，去考看看啊！」老郵差吳哥（現在的同事）說。原來岳母早已向外放風聲我想考郵差這件事。

機會是留給有準備的人，自己的浪頭自己創造。無論是約僱招考，還是全國性的郵政特考，後來我都順利錄取正式名額，而我也是台東考區少見的榜首，最後自願分發到離島蘭嶼郵局服務。（事後當上郵差後，岳母才表明確實有問過吳哥說何時退休，這樣我女婿才可以頂替你的位置啊。）

至今服務邁向第五年，起初入局也以為郵務士只是普遍大家所認知的送信、送包裹而已，但實際走過才知道，這職位不僅是投遞郵件，還可以深入部落，訪視少數幾位獨居者、建立起自己與族人之間的情感……

我也在這過程當中不斷詢問自己，我還能給予島上族人什麼樣的價值。

直到陸續有族人跟我說：

「有你真好，不然我們都在外上班，根本收不到信件，還好你都會打聽我們上班的位置將信轉到這。蘭嶼真的很需要你這種年輕人。」

「族人在說的蘭嶼女婿是你齁？很勤勞呀你，送信還送到芋頭田裡找人。」

「還好有你的熱心幫忙，我才能夠提早拿到處方藥，不然我的藥早已沒了。」

眾多的實質回饋，讓我體悟到，蘭嶼郵差從來不僅是郵差，其實存在著許多意義與價值。

國家圖書館預行編目資料

蘭嶼郵差：簽收我的愛／簡偉駿（Laiyu）著.——初版.——臺北市；寶瓶文化事業股份有限公司, 2023.05
面； 公分,——（Vision；243）
ISBN 978-986-406-354-3（平裝）

863.55　　112004590

Vision 243

蘭嶼郵差——簽收我的愛

作者／簡偉駿（Laiyu 排灣族族名）
副總編輯／張純玲

發行人／張寶琴
社長兼總編輯／朱亞君
主編／丁慧瑋
編輯／林婕伃・李祉萱
美術主編／林慧雯
校對／張純玲・劉素芬・陳佩伶・簡偉駿
營銷部主任／林歆婕　業務專員／林裕翔　企劃專員／顏靖玟
財務／莊玉萍
出版者／寶瓶文化事業股份有限公司
地址／台北市110信義區基隆路一段180號8樓
電話／(02)27494988　傳真／(02)27495072
郵政劃撥／19446403　寶瓶文化事業股份有限公司
印刷廠／世和印製企業有限公司
總經銷／大和書報圖書股份有限公司　電話／(02)89902588
地址／新北市新莊區五工五路2號　傳真／(02)22997900
E-mail／aquarius@udngroup.com

法律顧問／理律法律事務所陳長文律師、蔣大中律師
如有破損或裝訂錯誤，請寄回本公司更換
著作完成日期／二〇二三年二月
初版一刷日期／二〇二三年五月十二日
初版二刷+日期／二〇二四年八月二十七日
ISBN／978-986-406-354-3
定價／四〇〇元

愛書人卡

感謝您熱心的為我們填寫，
對您的意見，我們會認真的加以參考，
希望寶瓶文化推出的每一本書，都能得到您的肯定與永遠的支持。

系列：Vision 243　**書名：蘭嶼郵差——簽收我的愛**

1. 姓名：＿＿＿＿＿＿＿＿　性別：□男　□女
2. 生日：＿＿年＿＿月＿＿日
3. 教育程度：□大學以上　□大學　□專科　□高中、高職　□高中職以下
4. 職業：＿＿＿＿＿＿＿
5. 聯絡地址：＿＿＿＿＿＿＿＿＿＿＿＿＿＿＿＿＿＿＿＿

   聯絡電話：＿＿＿＿＿＿＿＿　手機：＿＿＿＿＿＿＿＿
6. E-mail信箱：＿＿＿＿＿＿＿＿＿＿＿＿＿＿

   □同意　□不同意　免費獲得寶瓶文化叢書訊息
7. 購買日期：＿＿年＿＿月＿＿日
8. 您得知本書的管道：□報紙／雜誌　□電視／電台　□親友介紹　□逛書店　□網路　□傳單／海報　□廣告　□瓶中書電子報　□其他
9. 您在哪裡買到本書：□書店，店名＿＿＿＿＿　□劃撥　□現場活動　□贈書　□網路購書，網站名稱：＿＿＿＿＿＿　□其他＿＿＿＿＿
10. 對本書的建議：（請填代號　1. 滿意　2. 尚可　3. 再改進，請提供意見）

    內容：＿＿＿＿＿＿＿＿＿＿＿

    封面：＿＿＿＿＿＿＿＿＿＿＿

    編排：＿＿＿＿＿＿＿＿＿＿＿

    其他：＿＿＿＿＿＿＿＿＿＿＿

    綜合意見：＿＿＿＿＿＿＿＿＿＿＿＿＿＿＿＿＿＿＿＿＿＿
11. 希望我們未來出版哪一類的書籍：＿＿＿＿＿＿＿＿＿＿＿＿＿＿

讓文字與書寫的聲音大鳴大放

寶瓶文化事業股份有限公司

（請沿此虛線剪下）

寶瓶文化事業股份有限公司收
110台北市信義區基隆路一段180號8樓
8F,180 KEELUNG RD.,SEC.1,
TAIPEI.(110)TAIWAN R.O.C.

（請沿虛線對折後寄回，或傳真至02-27495072。謝謝）